동부태평양어장 가는 길

동부태평양어장 가는 길

초판 1쇄 발행 2021년 11월 10일

지은이 최희철
펴낸이 권경옥
펴낸곳 해피북미디어
등록 2009년 9월 25일 제2017-000001호
주소 부산광역시 동래구 우장춘로68번길 22 2층
전화 051-555-9684 | 팩스 051-507-7543
전자우편 bookskko@gmail.com

ISBN 978-89-98079-43-7 03810

동부태평양어장 가는 길

원양어선에서 마주한 인간의 욕망과 물고기의 아가미

최희철 에세이

해피북미디어

들어가는 말

흔히들 바다라 하면 아주 먼 곳에 있으면서 위험하거나 신비롭고 심지어 초월적 현상까지 자주 출현하는 곳이라 여기는 경우가 많다. 그래서 바다와 관련된 신을 동원하여 어렴풋하게 이해하려고 한다. 하지만 바다는 그런 곳이 아니다. 육지와 똑같이 온갖 생명체들이 살아가는 현장이다. 일명 '뱃사람'들의 삶도 마찬가지다. 글자를 읽지 못하는 것을 '문맹(文盲)'이라고 한다면 바다를 이해하지 못하는 것은 '바다 맹(盲)'이라고 할 수 있을까? 요즈음은 마음만 먹으면 거의 매일 '참치(캔)'를 사 먹을 수 있는 시대이고, 우리의 식탁에 올라오는 어종의 18% 이상이 원양어선이 잡는 어종(魚種)이라고 한다. 그럼에도 우리는 그 물고기들을 어떤 바다에서 어떤 어선이 그리고 어떤 사람들이 잡는지는 거의 모르고 있다.

심지어 '상품화'되어 버린 '어종'에서 바다를 떠올리지 않을 수도 있을 것이다. 하지만 바로 그것은 '뱃사람'들이 멀고 깊은 바다에서 건져 올린 것이다. 더 중요한 것은 그 '뱃사람'들은 육지 사람과 다른 생각이나 다른 생활을 하는 특별한 사람도 아니라는 것이다.

관련해서 최근 일어나고 있는 일들을 생각해 보자. 우리의 경제가 양적(量的)으로 확대되면서 과거의 일을 반추해 보는 경험을 갖게 되었다. 그중 하나가 독일에서 간호사와 광부들이 열심히 일한 이야기가 사람들의 입에 회자(膾炙)된 것이다. 그들의 고생으로 일구어 낸 '외화벌이'가 지금의 우리를 있게 한 여러 요인 중 하나였다고 한다. 관점이 옳으냐 그르냐를 떠나 때늦은 감이 있지만 일단 알려진 것은 좋아 보인다.

하지만 상대적으로 그들과 비슷한 시기에 먼바다에서 일했던 원양어선 선원 이야기는 거의 알려지지 않은 것 같다. 이것은 어떤 이유를 대더라도 '불공평'한 것이라고 해야겠다. 원양어선 선원들은 광부나 간호사들보다도 훨씬 어려운 환경 속에서 일해왔다. 최근 일부 언론에서 과거의 원양어업 역사에 대해 조명을 하고 있는데, 좋은 일이다. 하지만 원양어업은 관련 '주체(주인공)'들이 매우 다양하다. 국가나 기업도 주체가 될 수 있고, 그곳에서 종사했던 선원, 그중에서도 사관과 준사관 그리고 일반 선원도 그 주체가 될 수 있다. 더불어 원양어업을 있게 했던 어선과 바다 그 자체 그리고 숱한 생명체들도 그 주체가 되어야 할 것이다. 어쩌면 원양어업은 바다와 관련된 모든 것이 엉켜서 만들어진 합주곡이라고 해야 할 것이다. 원양어업이 다른 업종에 비교해 더 많은 '외화벌이'를 했다거나 더 값어치가 있다고 말하려는 게 아니다. 우리의 '지금을 있게 한 것'들이 여러 개 있다면 우리의 원양어업도 여느 업종 못지않게 중요한 역할을 했다는 걸 말하고 싶고 오히려 다른 업종에 비해 너무 알려지지 않아서 '불공평'하다는 생각을 말하고 싶었다.

중요한데도 상대적으로 덜 알려진 것은 바다의 특수성 때문이다. 우리는 늘 육지를 중심으로 생각한다. 그래서 육지에서 일어나는 일은 아무리 멀거나 험한 '탄광이나 전쟁터'라도 '대한 늬우스급'으로 전파된다. 하지만 바다는 우리의 삶 바깥에 있는 것으로 여겨지는 경향이 높다. 즉, 바다는 육지 사람에게는 '타자(他者)'이다. 타자의 특징은 '잘 보이지 않는'다는 것이다. 하지만 숱한 타자들이 온갖 곳에 존재한다. 지금부터 하고자 하는 이야기는 바로 그 '타자'로서의 '원양어선 어선원'들 이야기이다.

차례

5

장기어업에 필요한 새로운 감각

1
인간의 욕망을 싣고 출항

현대 어업은 모든 수산생물을
단시간에 멸종시킬 수 있는
수준까지 올라왔다.

무제한 방치한다면
해양생태계는 곧 파괴되고
말 것이다. 중요한 것은 지금
인간이 지구의 중심이 아님을
깨닫는 것이다.

출항

부산 감천항 부두에 2016년 8월 8일 16시 출항 예정인 배가 묶여 있다. 이것은 〈517 남궁호〉. 본래 '인성실업(현 정일산업)(주)' 소속이었다가 '쓰리티 오션(주)'에서 인수한 '414톤급 원양연승(延繩)어선'이다.

근 2년 동안 조업하지 않고 묶여 있던 배라 손볼 곳이 너무 많았다. 조업하지 않고 이렇게 묶어 둔 배를 다시 움직이기 위해선 선원들의 땀이 요구된다. 운항(運航)의 핵심 부분 중 하나인 기관(機關)도 모두 점검해야 하고 배의 구석구석 녹슨 부분이 많아 근 3달 동안이나 한여름 무더위 아래 선원들이 '깡깡 작업(녹청 작업, 녹을 털어내고 페인트를 칠하는 작업)'을 했다. 그리고 남아 있던 어구(漁具) 중에서도 조업에 재활용할 수 있는 것은 거의 없었으므로 모두 다시 만들어야 했다. 물론 어구를 만드는 것은 항구에서 할 일이 아니라 어장으로 가면서 할 일이다. '헌 배'를 인수해서 '새 배'로 만들어 출항한다는 게 쉬운 일이 아니라는 뜻이다.

아무튼 난관을 모두 통과하고 이제 출항만 남았다. 우리나라의 부두에서 출항하는 거라 선원 가족과 회사 직원 그리고 그동안 출항을 위해 일했던 사람들로 배가 북적거렸다. 이제 떠나면 20개월 후에나 다시 이 부두로 돌아올 수 있을 것이다. 이별하는 순간은 잠시인 것 같지만 한 번 이별하면 오랜 기간 헤어져 있어야 하는 게 뱃사람들이다. 예전엔 20개월이 아니라 30개월 혹은 3년이었다. 그때를 생각하면 조업 기간이 많이 단축된 것 같지만 오랫동안 배를 타야 하는 당사자는 그렇게 느끼지 않는다. 세상이 변해 가는 속도가 얼마나 빠른가를 생각해 보면 알 수 있다. 그걸 고려하면 20개월은 마치 우주여행을 떠나는 기분일 것이다.

그래도 최근에는 인터넷이 되는 배가 많아 세상 돌아가는 일과 식구들 소식을 들을 수 있어서 그런 불편함은 많이 사라진 것 같다. 장소와 같은 공간적 요소가 좀 열악하다고 해도 서로의 소식을 거의 실시간으로 소통할 수 있다면 망망대해에서 생활하는 뱃사람 그리고 그 식구들도 한결 숨통이 트이지 않을까.

비행기 시간 때문에 늦게 온 베트남 선원(4명)이 승선(乘

船)하자 선장은 출항을 위한 고사(告祀)를 준비하였다. 선장의 성향에 따라 고사를 지내지 않는 경우도 있지만 대체로 지내는 편이다. 고사란 바다로 나가는 사람들의 앞길을 안전하게 해 달라는 의미도 강하지만, 사실은 바다로 나가는 사람들의 마음을 모아 내는 순간이기도 하다. 육지를 떠나 먼 바다로 나가는데 어찌 마음이 새털처럼 가벼울 수 있을까. 선장은 정성스럽게 준비한 제물(祭物) 앞에서 선원들과 함께 절을 한다. 그 뒤론 회사 직원이나 출항과 관련된 여러 사람의 절이 이어진다. 이제 고사만 끝나면 진짜 출항이다.

414톤급 원양어선은 도선사(pilot) 없이도 출항할 수 있다. 다만 배를 부두의 안벽(岸壁)에서 떼어내기 위해 '예인선(tug boat)'이 두 척 정도 필요하다. 예인선은 남궁호의 선수(船首)와 선미(船尾)에 '무링 라인(mooring line)'을 걸고 끌어당긴다. 이제 진짜 출항이다. 선장이 브리지에서 마이크를 잡고 인사한다. "여러분 고맙습니다. 잘 다녀오겠습니다. 만날 때까지 건강하게 계십시오!" 그리곤 선원들에게 명령을 내린다. "올 라인 렛고(all line let go)!" 육지와 연결되어 있던 모든 '라인'을 제거하라는 명령이다. 배가 바다로 나가기 위해선 꼭 필요한 순간이다. 이런 결연함 속에서 눈물을 흘리는 사람도 있다. 하지만 이런 문턱을 넘는 단계가 없다면 바다로 나갈 수 없다. 바다는 오래전부터 우리에게 아주 아득한 시공간이라는 이미지를 주고 있다. 하지만 새로운 세계를 만나려면 이 최초의 단계를 건너야 한다.

출항이다. 남궁호는 꿈틀거리는 생명체의 울부짖음처럼 사이렌 소리를 길게 한 번 울린다. 부두에서 떨어지자 남궁호는 이내 외항(外港)으로 빠져나가는 방파제 등대를 향해 뱃머리를 돌린다. 힘찬 엔진 소리와 함께 선미에서 와류(渦流)의 흐름이 어지럽게 만들어지며 뒤로 물러나고 있었다.

그리곤 이내 바닷속에 감추어져 있던 어둠이 찾아왔다. 어둠 속에서도 배는 일정한 방향을 향해 달리는데, 불빛이 따뜻한 게 마치 이웃집 풍경 같다. 물론 우린 쉽게 잠들지 않는다. 출항 직후 뱃사람들의 마음이란 마치 시간 이동을 경험하는 것 같다. 바로 조금 전 그리운 사람들과 부대낄 수 있는 곳에 함께 있었는데 말이다. 자신은 지금 그들과 점점 멀어지는 것이다. 공간이 둘로 쪼개지는 느낌이 든다. 그렇게 출항을 하고 또 야간 항해를 하는 마음은 착잡하다. 세상에 변하지 않는 게 있어 그게 늘 함께 있어야 하는데 어떤 불가항력에 의해 쪼개지는 느낌 같은 것 말이다. 그때 바다를 보면 더 육지 생각이 난다. 그리운 육지 그리고 안타까운 육지, 하지만 이젠 묻어야 한다. 우리가 어둠을 헤치고 어장을 향해 달리는 것처럼 육지의 모든 것을 묻어야 한다. 그래야 우리는 먼 거리를 달리고 달려 어장에 도착할 수 있을 것이고, 새로운 세상을 만날 수 있을 것이다.

해역

'동부태평양어장'은 빗금으로 표시된 해역에 해당한다. 감천항에서 출항하면 대략 30일 정도를 쉬지 않고 달려가야 하는 곳이다. 연승어선은 그리 빠른 편이 아니기에 1시간에 대략 10노트(knot) 정도 달릴 수 있는데(1노트는 1시간에 1마일을 갈 수 있는 속력 단위), 10(노트)×24(시간)×30(일)=7,200마일이 되고, 그걸 km로 환산하면 7,200×1.852=13,334km가 된다.

실제론 엄청나게 먼 곳이다. 바다에서 'mile'은 'nautical mile'로 1,852m에 해당한다. 그곳은 이른바 'IATTC(Inter-American Tropical Tuna Commission, 전미열대참치위원회)'라고 불리는 해역으로, 우리처럼 작은 땅덩어리 나라에서의 감각으론 어림잡기조차 어려운, 실로 어마어마하게 먼 곳이다. 다랑어 어장으로서 태평양은 크게 두 개의 국제수산기구로 나누어져 있는데 'WCPFC(Western and Central

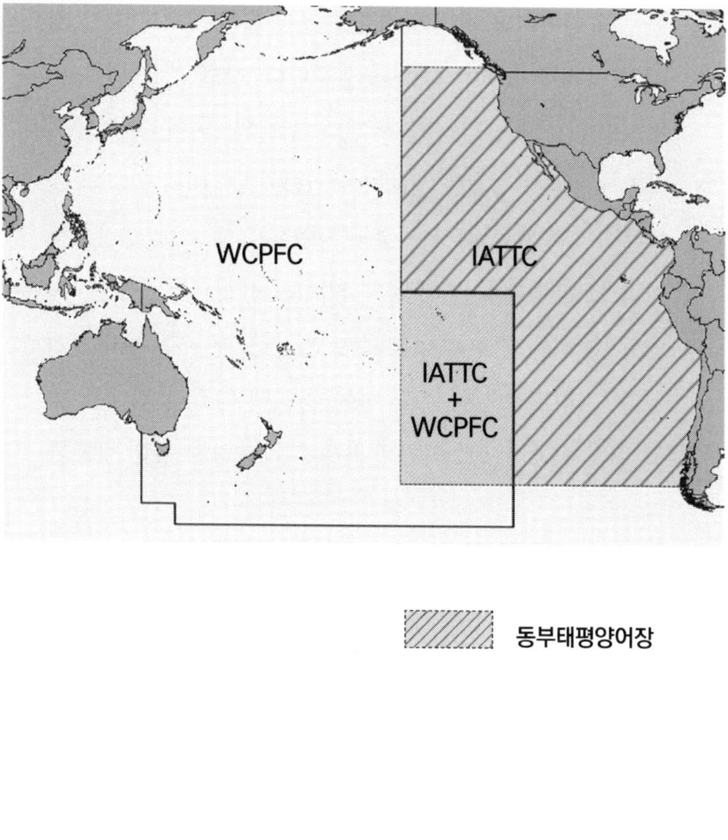
WCPFC
IATTC
IATTC
+
WCPFC
동부태평양어장

Pacific Fisheries Commission, 중서부태평양수산위원회)'로 불리는 해역이 또 하나 있다. 두 해역은 겹치는 부분이 있기는 하지만 대체로 서경(西經) 150°가 그 경계선이라고 보면 된다.

어떤 경계든 바다 위에서의 경계란 매우 인간 중심적이다. 경계를 만드는 것은 아마도 우리가 편리하기 때문일 것이다. 하지만 그걸 무조건 부정적으로 볼 필요는 없다. 아무리 자연이라 하더라도 인간과 관계된 것이라면 그 경계가 정해져 있어야 한다고 생각한다. 다만 그 경계가 본질적인 것이라고 말하면 안 된다. 생각의 출발이 어디에서 시작되었든지 경계는 정해져야 한다. 그게 비록 인간의 관계에서 파생된 것이지만 결국 자연에도 필요하다. 인간들끼리 그런 경계를 정해 놓지 않으면 인간은 스스로를 제어할 수 없는 지경에 이를 수도 있고 그때 자연은 다치게 된다. 그러므로 바다라고 하는 자연에 인간이 경계를 긋고 그것을 중심으로 인간의 욕망을 제어하는 것은 필요한 일이다.

사실 자연이 무형(無形)의 흐름인 것만은 아니다. 거의 무한에 가까운 자연이라고 할지라도, 자연 역시 자연 속에서 살아가는 존재들과의 관계에서 존재한다. 그러므로 늘 관계들의 질서를 정하는 경계가 필요하다. 다만 그 경계가 고정불변한 게 아니라 변할 수 있다는 것은 알아야 한다.

시공간에 대한 감각은 수시로 변한다. 육지에선 하루 정도만 집을 떠나도 아주 먼 곳에 온 것처럼 여겨지지만, 집을 떠나 30일 정도를 힘차게 항해해서 가야 하는 곳이라면 시공간에 대한 감각이 약간은 느슨해지는 걸 느낄 수 있다. 예전에 북태평양어장에서 조업할 땐 홋카이도와 혼슈 사이, 즉 '쓰가루 해협'을 통과해 동해에만 들어와도 집에 다 왔다는 느낌이 들었다. 그처럼 자신이 처한 상황에 따라 시공간은 주름상자처럼 늘어났다가 줄어든다. '남궁호' 선장은 서경 150°를 넘어 동쪽 해역으로 들어가면 마치 자신의 '홈그라운드'에 왔다는 느낌이 든다고 한다. 우리가 어떤 공간과 시간에 기대어 사느냐에 따라 시공간에 대한 감각은 이렇게 달라질 수 있다.

20개월이라는 시간도 외부에서 관찰하면 아주 긴 것 같지만 바다에서 조업하면서 느끼는 시간은 다를 수 있다. 시간과 공간은 양적(量的)인 게 아니라 질적(質的)이기 때문이다. 자신이 처한 상황에 따라 시간은 늘어나기도 하고, 줄어들기도 한다. 일견 딱딱해 보이는 공간도 마찬가지다. 이른바 '폐쇄공포증' 같은 것도 그런 것과 상관이 있다고 본다. 같은 공간이라도 갑갑하게 느껴지기도 하고 시원하게 느껴지기도 한다. 그것은 공간 자체의 문제라기보다 그 공간을 접하고 있는 자신 혹은 자신을 둘러싼 여러 가지 상황에서 생겨나는 것이다. 시간의 경우, 즐거운 3분과 괴로운 3분의 차이를 생각해 보라. 육지에서의 삶과 바다에서의 삶은 같은 것 같으면서도 질적으로 다른 방식의 삶이니 시공간에 대한 감각도 달라질 수 있다는 말이다.

아무튼 바다란 그런 곳이다. 육지에서 느끼던 것과는 질적으로 전혀 다른 삶이 펼쳐지는 곳 말이다. 그래서 마치 육지와는 엄청나게 동떨어져 있는 것 같은 느낌이 들기도 한다. 육지에서 벌어지는 사건의 작동방식이 이곳에서는 제대로 통하지 않는다. 그래서인지 육지에서는 아주 긴박하게 취급되는 사건도 바다에서는 '쪽지뉴스'처럼 메모지 한 장 수준으로 가공되어 우리에게 날아든다. 육지와 동일한 사건이 보도되지만 사건의 몸체가 시공간을 통과하면서 조각처럼 부스러져 버린 것 같은 느낌이라고나 할까. 그러다 보니 배에서는 전해지는 사건 조각에 새로운 해석이 향신료처럼 첨가되기도 한다. 물론 새로운 해석은 육지로부터 영향을 받은 것일 수 있지만, 바다에서의 삶 그리고 그 삶의 바탕이 되는 공간과 시간은 육지에서 느끼는 강도와는 완연하게 다를 수 있다.

감천항 외항(外港) 방파제를 통과할 때까지는 아직 육지의 여운이 길게 남아 있지만, 이제는 육지가 아니라 바다를 바라보고 달려가야 한다. 그곳은 우리가 20개월 동안 뒹굴어야 할 무대이다. 우리는 그곳을 찾아간다.

그립다 육지여 그리고 육지 사람들이여! 이 순간에도 우리는 바다 쪽으로 점점 가까워져 간다. 이젠 정말 바닷속으로 풍덩 뛰어드는구나. 푸른 바다가 우리를 부른다.

출항 준비

바다로 나가면 가장 먼저 해야 할 일 중 하나가 '소방 및 퇴선 훈련'이다. 정기적인 훈련을 하도록 되어 있지만, 그 규정을 지키는 배는 별로 없는 걸로 알고 있다. 2014년 '오룡호 사건'* 이후 바다에서 벌어지는 일에 대한 관심이 높아지면서 규제가 강화되었는데 그중 하나가 '안전'에 관한 것이다. 그래서 예전에는 평생 한 번만 받으면 되었던 '안전교육'도 이제는 5년에 한 번씩 재교육을 받아야 하고, 교육내용도 책상에 앉아서 받던 이론 일변도의 교육이 아니라 현장에서 각종 상황을 연출하여 실제로 교육생들이 모두 체험해 보는 방식으로 바뀌었다.

그리고 '해기사'와 관련된 요건이 한층 강화되었는데 출항의 조건이 되는 '면허 있는 해기사'의 의무 승선 요건이

---

* 2014년 12월 1일 베링해 해상에서 발생한 선박 침몰사고

매우 엄격해졌다. 또한 항 내에서는 배의 안전에 관련된 장비 점검을 더 철저하게 강화하였다. 이는 매우 바람직한 일이다. 육지와는 달리 바다 위에 떠 있는 상황에서는 한 번 사고가 나면 외부의 도움 없이 스스로 안전을 지켜내야 하기 때문이다.

출항하고 할 일들이 좀 정리가 되었다 싶으면 기상(氣象)이 좋은 날을 잡아 '소화와 퇴선' 훈련을 한다. '남궁호'도 그랬다. 배가 일본 규슈(九州) 남단을 통과하여 본격적으로 태평양으로 나가자 안전훈련을 실시한 것이다. 소방이나 퇴선을 가상으로라도 체험할 수 있는 상황을 만들어 놓고 훈련을 하면 더 좋겠으나 414톤급 원양연승어선으로서는 힘든 일이다. 그래서 모든 선원이 '구명동의(life jacket)'를 입고 갑판에 집합하는 훈련을 하였다. 선장을 비롯한 모든 선원이 '소화와 퇴선'을 해야 할 상황이 어떤 것인지를 공유하고, 그때 소화기 등을 어떻게 사용하는 것인지에 대해 선장으로부터 설명을 듣는다.

사실 '소화 및 퇴선' 훈련은 모든 선원이 갑판에 모여 서로의 얼굴을 알고 인사를 나누는 시간이기도 하다. 25명이나 되는 선원들은 각자의 위치에서 할 일이 있기에 한꺼번에 같은 장소에 모이기가 어렵다. 그리고 선원들이 한국인으로만 구성된 게 아니기에 인도네시아, 필리핀, 베트남 선원들과 함께하는 이 시간은 매우 중요한 시간이다. 선장은 앞으로 20개월 동안 미우나 고우나 함께해야 할 사람들임을 강조한 후 가장 중요한 것은 안전과 건강이니 서로가 함께 그리고 스스로 조심해 주길 바란다고 당부하였다. 출항한 지 얼마 되지 않아서인지 서로가 앞으로 한솥밥 먹으면서 지내야 할 동료들을 쳐다보면서 결기에 가득 찬 모습을 보여 준다.

남궁호

양승(揚繩)작업을 하고 있는 한밤중 갑판 풍경이 마치 연극무대 같다. 환한 LED 불빛이 비추고 있으니 말이다. 양승작업은 최대 15명의 선원이 각자의 위치에서 맡은 바 할 일을 한다. 끊어질 듯 이어지는 그들의 작업 동선(動線)이 마치 연기에 열중해 있는 배우들 같다. 때론 반복되는 동작을 계속하면서 혹은 서로에게 맡겨지고 연결된 작업 정보를 교환하기 위해 소리를 친다. 자신이 결코 원하지 않았던 늘어져 버린 시간 속에 갇힌 것처럼 천천히 시간과 함께 흐르다가도, 낚시에 어획물이 걸렸다는 신호가 떨어지면 잠에서 깨어난 짐승처럼 현문(舷門)으로 내달리는 모습이 드라마틱하다. 그리곤 곧장 무대는 긴장되고 가열되어 시끄러워진다. 모두의 신경이 한곳으로 우르르 몰려가는 것이다.

원양어선에서 고기를 잡는 행위란 참으로 격정적이다.

비록 지금은 사람의 힘보다는 기계의 힘을 많이 빌리기는 하지만 먼 바다에서 고기를 잡는 행위 혹은 그 욕망이란 참으로 원초적이기도 하다. 거대한 그물과 기계를 사용하는 트롤어선과는 달리 '연승어선'은 사람의 손길이 참으로 많이 첨가된다. 그래서 어로작업이 좀 더 힘들지만 한편으론 인간적이다. 즉 바다 위에서 인간과 다랑어가 싸우는 것이다. 물론 그 싸움이 오직 인간의 관점이라는 게 문제이긴 하지만 자연이란 본래 그런 싸움의 바탕화면이 아닌가.

사실 원양어업은 대체로 근대에 이루어졌고 자본의 욕망으로 시작되었는데, 그 욕망은 늘 부풀어 터질 듯하였다. 예전에 바닷가에서 어획물을 줍거나 잡아서 먹던 시절엔 바다가 늘 고맙기도 하고 두렵기도 하였을 것이다. 하지만 바다에서 어획물을 획득하는 행위가 먹고사는 문제의 핵심이 되었을 때 인간은 좀 더 먼 바다로 나가기를 원했다. 그곳에 '더 큰 물고기'가 있다고 믿었다. 육지나 얕은 바닷가에선 볼 수 없는, 상상 속에서나 그려보던 물고기가 살고 있으리라 생각한 것이다. 그건 마치 신을 믿는 행위와 비슷하다.

나는 만물이 역사적 산물이라 생각한다. 간혹 역사를 떠나 '초역사적'으로 존재하는 무엇이 있다고 말하는 사람들이 있다. 하지만 그런 것은 상상이나 해 볼 수 있을지언정 결코 존재하지 않는다. 자연, 바다 그리고 그 바다에서 어로행위를 하는 인간의 격정적인 욕망까지 모두 역사의 산물이다. 그 역사적 산물이 잠들지 못하게 하는 그곳, '부풀어 오는 공포의 장소'로 우리를 인도하는 것이다. 가기 싫지만 발을 디디면 결코 빠져나올 수 없는 수렁이라고나 할까. 그래, 그건 악령의 '아가리'다. 마치 상어의 입처럼 옆에만 있어도 머리칼이 칼날처럼 일어선다. 바다가 악령의 아가리라면, 우리는 그곳으로 뛰어드는 아귀 같은 존재들인가.

남궁호는 25명의 선원으로 구성되어 있었다. 선장, 기관장, 통신장, 1항사와 1기사 그리고 갑판장, 이렇게 6명 빼고는 모두 외국인 선원이었다. 베트남 선원 4명 그리고 인도네시아와 필리핀 선원이 각각 7~8명쯤 되었다. 외국인 선원은 모두 자신의 경험과 관련해서 적합한 직책을 갖고 있었다. 가령 브리지나 기관실에서 사관(士官)처럼 당직을 서면서 2항사나 2기사 노릇을 하는 선원이 있는가 하면 주방에서 조리장(주자) 노릇을 하는 선원도 있었다. 그리고 갑판의 1갑원(head sailor, 헷또)은 인도네시아 선원이었다. 갑판에서 다른 선원과 함께 여러 가지 일을 하더라도 자신의 특기를 살려 일하는 선원도 있었다. 가령 어획물을 직접 처리하는 처리원과 급속냉동을 담당하는 선원이 있는가 하면, 선미에서 '메인라인(모릿줄)'을 담당하는 '라인맨'도 있었다. 그리고 '투승(投繩)조'에 배속되어 그 상황에 맞는 업무를 하는 선원도 있었다. 사실 남궁호에서 연승어선 경험이 없는 선원은 한두 명밖에 되지 않았다. 그래서인지 조업에 대한 전체 선원의 숙련도가 매우 높았다. 숙련도는 투 · 양승의 속도와 어구제작의 노련함 그리고 어획물이 올라왔을 때 그것을 정확하게 처리하는 속도 등으로 알 수 있다.

연승어선에선 갑판부, 기관부, 처리부가 따로 정해져 있지 않다. 물론 항해할 때 기관과 관련된 일을 하는 '기관부'가 있지만 조업에 들어가면 모두 갑판부로서 일을 해야 했다. 갑판부의 할 일이란 투승과 양승 그리고 올라온 어획물을 처리하여 어창에 적재하는 일이다. 연승어선에서 하는 일이란 엄청난 기계의 힘을 이용하거나 또 위험한 일은 아니다. 하지만 다른 어선에 비해 작업시간이 긴 것이 단점이다. 그래서 어쩌면 긴 시간과 싸우는 인내력이 필요한 노동조건이라고 할 수 있겠다. 인간의 노동은 '노동력(勞動力)'이라는 상품이 되어 판매되는 순간 늘 '시간'과 깊은 관련을 맺어왔다. 노동시간이 길다는 것은 결국 '노동강도'가 세다는 이야기다. 하지만 그 속으로 들어가 보면 '노동강도'보다는 '긴 시간'에 대한 '지겨움'이 더 누적되는 것처럼 여겨지기도 한다. 그게 누적되다 보니 연승어선에서는 바다와 싸우는 역동적인 현장감보다는 늘 맞이하는 일상의 늘어짐에 짓눌릴 때가 더 많다. 그걸 극복해야 하고 또 그것을 잘 독려해야 20개월이라는 장기조업을 무사히 잘 보낼 수가 있다. 이는 그저 견뎌내야지 하는 단순한 결심만으로는 안 되는 일이며, 서로가 함께 대본을 읽고 또 연기해야 할 연극과도 같은 것이리라. 하여 모두가 주인공이 되어야만 극복할 수 있으리라.

생활의 발견

우리의 일상은 빨래처럼 나부낀다. 바다에서는 모든 일을 스스로 해결해야 한다. 그동안 별것 아닌 것처럼 생각해 왔던 일들이 자신 앞에 놓였을 때 문득 여성들이 참으로 대단했음을 느낀다. 더구나 우리가 근 20개월 동안 부대껴야 할 일들이 아닌가. 그것은 어쩌면 '생활의 발견' 수준이라 할 수 있을 것이다.

그중 하나가 빨래다. '트롤(trawl)어선'은 대체로 '연승어선'보다 덩치가 크다 보니 '물 사정'이 나은 편이었다. 그래서 씻고 빨래하는 게 큰 고민거리가 아니다. 심지어 트롤어선엔 빨랫감을 넣고 돌리기만 하면 되는 '세탁기'라는 인류의 최고 발명품이 있다. 세탁기를 통해 '빨래'에서 해방된 인간은 좀 더 창조적인 활동을 할 수 있었다고 한다. 특히 집 안에만 있던 여성의 노동을 밖으로 이끌어 내었다고 한다.

연승어선에선 '물 사정'이 대체로 좋지 않다. 조수기(操水機, 해수를 담수로 만드는 기계)가 있으나 성능이 시원찮아 늘 아껴 써 달라는 부탁과 같은 강요(?)를 기관장에게 들어야 했다. 그래서 사관들만(사실은 한국 선원들만) 청수(담수)를 쓸 수 있고 빨래도 할 수 있는 형편이다. 물론 모든 연승어선이 그런 것은 아니다. 간혹 조수기가 빵빵하게 잘 돌아가서 씻기는 물론 약간의 빨래조차도 청수로 하는 배가 있다는 이야기를 들었다. 연승어선이 조업하는 태평양은 위도가 적도에 가까워 비가 자주 오는 편이다. 이 빗물은 연승어선에 아주 귀한 것이다. 모아 두었다가 몸도 씻고 빨래도 한다. 그리고 농작물을 키우는 데 중요한 농업용수가 되기도 한다. 사실 빨래는 씻기보다 훨씬 더 많은 물을 소비한다. 그래서 대부분의 연승어선에선 마음 놓고 빨래를 할 수 없다고 하는 게 맞을 것이다. 심지어 빗물은 아주 긴급한 경우 식수가 되기도 한다. 그래서 난 빗물을 정수할 수 있는 휴대용 정수기를 갖고 다녔다.

대부분의 연승어선에는 세탁기가 없다. 그래서 손빨래를 한다. 하지만 간혹 '짤순이(탈수기)'가 있는 배가 있어 빨래를 한 후 물기를 완벽하게 뺄 수가 있다. 사실 빨래보다 탈수가 더 중요하다. 탈수가 제대로 되지 않은 상태에서 건조를 하면 시간이 오래 걸릴 뿐 아니라 나중에 냄새가 날 수도 있다. 약간 쉰 냄새가 그것이다.

연승어선이 조업하는 태평양은 대체로 무덥다. 해서 옷을 가볍게 입는데, 심지어 어떤 사람은 빨래하기가 귀찮아서 속옷, 그중에서도 팬티를 입지 않는 경우가 있다. 난 몇 번 시도해 보았지만 사타구니가 끈적거려서 그만두었다. 당연히 빨랫감의 양은 적고 그래서 손빨래를 해도 습관이 되어서 그런지 그리 불편한 점은 없었다.

외국인 선원들은 대체로 씻기와 빨래를 모두 해수(海水)로 한다. 해수를 사용하면 비누가 잘 풀리지 않아 해수 전용 비누를 사용해야 하는데 그게 없다 보니 모두 '샴푸'를 사용하였다. 씻기는 물론 빨래도 샴푸를 사용하는데 세탁기가 없어 일일이 손으로 비벼 빨았다. 비벼 빠는 게 어렵다 싶으면 빨랫감을 세숫대야 등에 담가두는 방식을 택했다. 그것도 어려우면 빨랫감을 노끈(rope)에 묶어 바다로 던졌는데, 달리는 배의 힘이 빨래를 바다 표면에 두드리는 효과가 생겨 찌든 때가 빠져나가는 방식이다. '빨래 방망이' 효과라고나 할까. 하지만 이 방법은 자주 사용하면 빨랫감이 너덜너덜해져 못 쓰게 되는 경우가 많았다. 그래서 옷보다는 기름에 찌든 바지나 면장갑 등을 그렇게 빨곤 하였다.

샴푸 같은 것도 마음껏 쓸 수 있는 게 아니라 일정량

을 배급받는 구조여서 빨래는 가장 일상적이면서도 힘든 일이었다. 그걸 해결하는 방법 중 하나가 '우에스(ウエス, waste, 기름을 닦는 걸레)'를 사용하는 것이다. 기관실엔 기름을 닦기 위한 '마른걸레'가 엄청 많았는데 대부분 헌옷들이었다. 그 헌옷들 속에서 찢어지지 않은 온전한 것을 자신의 사이즈에 맞게 골라 입는 것이었다. 설마 그게 몇 개나 되겠냐 싶지만 의외로 많은 옷들이 선원들의 작업복으로 활용되곤 했다. 특히 요즈음 '우에스'는 온전한 옷의 비율이 높을 뿐 아니라 깨끗하게 세탁을 해서 나오는 것도 많아 선원 작업복으로 유용한 아이템이다. 동부태평양어장은 적도와 가까워 '우에스'만 입어도 춥지 않아 안성맞춤이었다.

욕망의 전차

감천항에서 출항하여 줄곧 쉬지 않고 여기까지 달려왔다. 낮과 밤이 교차되지만 배고픈 짐승이 먹이를 향해 달려가는 것처럼 우린 쉬지 않는다. 마치 포신(砲身)에서 튕겨져 나온 포탄 같다고나 할까. 남궁호는 밤낮없이 헐떡거리며 어장을 향해 파도와 어둠을 뚫고 마치 '욕망의 전차'처럼 자신이 가야 할 길을 끝없이 달린다. 일본의 남쪽 섬 규슈 남단을 정횡(定橫, abeam)으로 빠져나오면 대략 100° 정도로 코스를 잡고 달린다. 배에서는 방향을 '동서남북'으로도 표시하지만 360° 방식을 주로 사용한다. 가령 북쪽은 000°이고 남쪽이 180°이면 동쪽은 090°라 할 수 있다. 100°라고 하면 대략 '남동동(NEE)' 쪽이 되겠다. 크게 보면 정해진 코스는 100°지만 바람이나 해류의 영향에 따라 실제 코스가 조금씩 달라질 수 있다. 가령 남쪽으로 밀리면 100°가 아니라 095°로 가야 할 것이고 북쪽으로 밀리면 100°가 아니라 105°로 가야 한다. 바다에서는 육지에서처럼 일직선으로 항해하기가 힘들다. 늘 외부 요인이 배에 미치는 영향을 감안하여 항해를 해야 한다.

연승어선은 조업할 때 그런 영향을 거의 받지 않는 편이지만 트롤어선일 경우엔 물속에 거대한 그물을 집어넣은 상태에서 예망(曳網, 그물을 끌고 다니는 것)을 하므로 조류나 바람의 영향을 심하게 받는 경우가 허다하다. 그래서 15° 이상씩 반대 방향으로 방향타(方向舵, rudder)를 크게 사용하곤 했다.

트롤어선에서 어로행위를 해 본 나의 의견으로는 예망할 때 방향타를 크게 쓰는 곳은 좋지 않다. 왜냐하면 물속에서 제대로 전개되어야 할 트롤그물이 찌그러지기 때문이다. 요즈음은 예망 중에도 거의 전타(하드 스타보드나 포트)를 사용하는 경우를 자주 보는데, 장애물을 피하기 위해서라면 또 몰라도 별로 바람직한 방법은 아니다. 과도한 방향타 사용은 예망수심과도 깊은 관련이 있는데 수심이 낮은 곳, 가령 20미터 이내라면 더욱 좋지 않다. 왜냐하면 그렇게 전타를 사용하면서 예망을 할 경우 전개판이 넘어질 가능성이 높기 때문이다. 예망 중 물속에서 한 번 넘어진 전개판을 다시 세울 수는 없다. 하는 수 없이 양망을 하고 다시 투망하여야 한다.

초등학교 때 부산에서 완도 가는 여객선을 탄 적이 있다. 캄캄한 밤인데도 배가 어떻게 저 불빛 비치는 곳이 충무항인 줄 알고 정확하게 찾아 들어가는지 참 신기했다. 칠흑 같은 어둠 속, 물 밑에 무엇이 있을지도 모를 텐데 어떻게 배는 전속력으로 달려갈 수가 있는지 참으로 궁금하고 한편으로 불안했다. 항해사가 되고 난 뒤에 그것이 그리 어렵지 않은 일이라는 걸 알게 되었다. 그래도 여전히 어둠을 뚫고 앞으로 나가는 배를 보면 참으로 대단하다는 생각이 든다.

배는 쉴 사이 없이 앞으로 나아간다. 아니 나아가야 한다. 밤과 낮은 분명 질적으로 다르지만, 대양을 항해하는 배에서 밤은 낮을 찾아내려는 몸부림 같다는 생각이 들었다. 오직 헐떡거리는 숨소리만 규칙적으로 남아 어둠을 헤집고 있다. 모두 잠든 시각, 야행성 동물처럼 먹이를 향해 다가가는 '욕망의 아가리' 같다고나 할까. 그런 욕망은 살아 있는 우리에게 꼭 필요한 것인지도 모르겠다. 그게 없다면 생명체는 과연 살아남을 수 있을까. 자신의 욕망으로 주변을 물들여 나가려고 하는 안간힘 같은 것 말이다. 그것은 생명을 담고 있는 생명체로서 인간의 욕망이기도 하고, 그 인간들이 어떤 장막을 찢고 지나온 힘의 이미지로서 '기계의 욕망' 같기도 하다. 인간의 노동력이 기계로 대체되면서 인간의 욕망은 기계로 전화(轉化)되었다. 기계로 전화된 인간의 욕망은 여태까지는 상상도 할 수 없는 저돌적인 것으로 변해 버렸다.

연승어선뿐 아니라 그 어떤 배든 대양에서 끝없이 한곳을 향해 달려가는 기계의 욕망을 생각하면 약간은 무섭다는 생각이 들기도 한다. 우리의 거침없는 욕망은 계속될 것인가? 이게 진정 우리의 숨결이 맞는가? 거대한 '기관의 박동' 속에서 혹시 우리의 숨결은 이미 멈춰 버린 것은 아닐까? 하여 이미 '기계'라 불리는 '아바타'에게 우리의 영혼을 빼앗겨 버린 것은 아닌가?

현대의 어법

어장(漁場)까지 가는 시간, 약 30일 동안 선원들은 어구(漁具)를 만든다. 전부터 계속 조업을 해 왔더라면 기존의 어구를 보수해서 쓸 수도 있겠으나 이번에 승선한 배는 2년이나 부두에 묶어 둔 배라서 거의 모든 어구를 새롭게 만들어야 했다. 연승어선뿐 아니라 트롤어선도 항해가 길어지면 트롤어구를 만드는데 트롤과 연승은 어구의 크기뿐 아니라 작동방식이 완전히 다르다. 가령 트롤어업은 거대한 그물로 어획하지만 연승어업은 그물이 아니라 낚시를 이용한다.

트롤어구가 그 거대함 때문에 대부분 기계의 힘으로 조작된다면 상대적으로 연승어구는 기계가 아니라 '수동(手動)'으로 만들 수 있고 또 작동하는 어구이다. 하지만 양적 거대함은 연승어구도 갖고 있다. 가령 낚시만 하더라도 투승할 때 수십 개가 아니라 수천 개에 달하는 낚시를 바닻속으로 한 번에 내린다. 그러므로 어구를 만드는 시간은 트롤어구에 비해 결코 짧거나 쉽지 않다.

모든 방식의 어업이 다 그렇지만 현대의 어법은 과거에 비교하면 비약적으로 발전한 셈이다. 어법과 함께 어구도 첨단화되었다. 이 모든 게 '기술의 발전'이라고 할 수 있을 것이다. 과거엔 어업이 아니라 '어로(漁撈)'로 불린 것처럼, 고도의 학문영역이라기보다는 노동력이 동원된 기술에 가까운 것이었다. 하지만 그렇다고 해서 기술이 진리의 여러 종류 중 하위개념이라고 생각해서는 안 된다. 가령 고대의 관점으론 진리에 접근하는 방법 중 하나가 '기술'이었다. 기술은 '테크닉(technic)'이었고 그것은 '무엇을 할 줄 아는' 그 무엇이었다. 무엇을 할 줄 안다는 것은 진실에 접근하는 유효한 방법이었으므로 그것을 잘 아는 것은 삶을 살아가는 데 아주 중요하였다. 오늘날 기술이 일상의 영역에 미치는 영향력을 생각해 보라. 더 바라는 게 있다면 안다고 하는 게 어느 것 하나에 치우치지 않고 주변에 대한 다양한 방면으로 확대된다면 더욱 좋을 것이다.

어업에서 '어법과 어구' 역시 그런 안다고 하는 것들이 여러 가지 과정을 거치면서 분석되고 종합된 것은 아닐까. '어법과 어구'의 발명도 특정인의 발명품은 아닐 것이다. 왜냐하면 지금 우리가 사용하는 '어법과 어구'는 여태까지 어업에 종사해 왔던 수많은 어업 종사자들의 '앎'이 켜켜이 누적된 어업 역사의 총화이기 때문이다. 그러므로 첨단 어업 기술은 현재 상황을 한 치도 벗어날 수 없다. 하지만 부단히 현장에서 개선되고 또 독특한 방법이 발견되거나 발명될 것이다. 굳이 그걸 좀 어려운 말로 하자면 모든 것은 '역사의 산물'이라고 할 수 있다. 이 세상에 역사의 산물이 아닌 게 있을까. 심지어 우리가 믿는 '신'도 역사의 산물이라고 해야 할 것이다. 역사의 산물인 만큼 그 과정에서 온갖 존재의 피와 땀이 켜켜이 쌓여 왔을 것이다. 그걸 기억해야 한다. 물론 기억은 마치 오토매틱 장치처럼 우리에게 기억된다. 하지만 그걸 쉽게 잊는다는 게 문제라면 문제이다. 분명 몸속에 켜켜이 기억되어 있을 존재들의 피와 땀 말이다. 그걸 잊는다는 것은 어쩌면 자신이 '현 존재'이기를 부정하는 것일 수 있다.

기술이라 하더라도 우려할 점이 있는데 지금은 어업기술이 너무 고도화되어 어업기술과 '총 자원'의 양이 적절한 대응점을 이루지 못하고 있다는 사실이다. 사실 현대 어업은 거의 모든 수산생물을 단기간 내에 멸종시킬 수 있는 수준까지 올라왔다고 볼 수 있다. 하여 무제한 내버려 둔다면 해양생태계는 단기간 내에 파괴되고 말 것이다. 그래서 그것을 규제하는 국제적 수산기구가 있는 것이고 자체적으로도 '착한 어업'을 실행하려고 하는데, 원양어선에 옵서버를 승선시키는 것도 그중 하나다.

지금 우리는 그 모든 것을 통합하여 고민하고 또 해결해야 한다. 그 지점에는 기술적 측면도 있을 것이고, '인간과 인간' 혹은 '인간과 자연'의 관계를 다시 정립해야 하는 측면도 있을 것이다. 중요한 것은 지금 우리 인간이 지구의 완전한 중심, 즉 주인공이 아니라는 사실을 깨닫는 일이다. 우리가 이곳에서 어업을 시작하기 오래전부터 생명체들이 바다에서 살고 있었고, 우리가 다 죽고 난 다음에도 무한에 가까울 정도의 긴 시간 동안 수많은 생명체가 지구 아니 바다에서 살아가야만 하기 때문이다. 그걸 깨닫지 못한다면 인간은 짧은 시간을 살다가 추락할 수밖에 없다.

고사

대개 원양어선에선 어장에 도착하면 첫 조업 전에 고사(告祀)를 지낸다. 고사는 겉으로 보기에 바다에서 일어나는 모든 일을 지배하고 있다고 믿는 신(神)에게 지내는 것처럼 보이지만, 사실은 고사라는 형식과 과정을 통해 선원들의 마음가짐을 새롭게 하자는 의미가 더 크다.

먼저 선장이 술을 붓고 절을 한다. 외국인 선원은 대부분 우리의 고사 방식을 낯설어하며 마치 이방인처럼 쳐다보기만 한다. 특히 인도네시아 선원은 대부분 '이슬람교도'라서 그들이 먹지 않는 '돼지머리'를 제물로 놓아두고 지내는 고사를 내심 반가워하지 않을 것이다. 하지만 묵묵히 고사라고 하는 배의 공식행사에는 참석한다. 물론 제물 앞으로 나와 술을 붓고 절을 하지는 않는다. 그들도 고사의 의미를 알 테니 옆에 서 있는 것만으로도 고사에 동참하고 있다고 봐야 한다.

고사가 끝나면 모두 갑판에 둘러앉아 앞으로의 조업방식이나 특이점, 조업에 대한 각오와 안전, 풍어에 관한 덕담을 나눈다. 그리고 술과 음식을 먹는다. 사실 원양어선에서 선원들에게 술 마실 기회가 그리 많지는 않다. 하지만 고사가 끝나고 마시는 술은 거의 필수다. 원양어선에선 이럴 때가 아니면 모든 선원이 모여 얼굴 한 번 보기가 어렵다. 물론 특정 공간에서 순간순간 만날 수는 있지만 좁은 공간에서 20개월을 함께 살아가는데도 동료들의 삶의 모습을 서로가 바라볼 기회는 그리 흔하지 않다. 그래서 소문의 소문으로 남의 얘기를 듣게 되는 경우도 많다. 그러다 보니 칭찬보다 험담이 있을 수 있고, 과장되거나 축소되어 소문이 되는 경우도 허다하다. 쉴 새 없이 움직이는 배이지만 그 배를 움직이게 하는 부품처럼 곳곳에 틀어박힌 자신의 당직 시간이 있고, 그 패턴에 맞추어 살다 보면 좁은 공간에서도 서로 만나기 어렵다.

고사는 어떤 점에서 사물이나 사건을 보는 고대(古代)적 방식을 많이 닮은 것 같다. 어떤 것도 혼자 존재할 수 없으며 누군가가 그것들을 지배하거나 조정하고 있다는 관점 말이다. 그것은 관계론적인 관점이면서 관계의 한쪽 끝에는 중심이 있다. 그 중심에서 모든 일이 일어난다. 그게 우리 인간에겐 손쉽게 잡히지도 않고 잘 이해되지도 않는

부분이다. 그래서 그 중심은 우리가 살고 있는 이 세상이 아니라 저세상, 즉 초월적인 그 어딘가에 있다고 생각되는 것이다. 그것은 엄밀한 의미에서 우리와 일정 부분 단절되어 있다고 해야 할 것이다. 그 사이로 온갖 '도그마'들이 생산되고 그 간극(間隙) 속으로 채워진다. 현대에 와서 그런 관점과 방식이 많이 사라졌다고는 할 수 있으나 변형되어 남아 있다. 그중 하나가 우상(偶像)을 숭배하는 방식이다. 오늘날 우상은 우리의 일상에 더 많이 남아 있는 것 같다. 가령 화폐에 대한 우상을 생각해 보라. 사실 무서운 것은 우상 숭배라고 하는 '일방통행'이 굳어버려 엄청난 무게를 갖게 되는 것이다. 가령 어떤 신을 믿는 행위 자체는 그리 큰 문제가 아닌 것 같지만 그게 딱딱하게 굳어져 버리면 그 무게가 세상이나 우리의 일상을 짓눌러 버릴 수도 있지 않을까. 하여 우상 이외에는 그 어떤 것도 숨을 쉴 수 없는 세상이 되어 버릴 수도 있지 않을까?

출항 전에 지냈던 고사의 제물 '돼지 코'와 부조한 돈은 브리지 앞쪽, 대개는 타각지시기에 걸어둔다. 어기(漁期)가 끝날 때까지 매달려 있을 것이다. 100달러짜리도 50,000원짜리와 함께 묶여 있는데 이 정도 수준을 우상 숭배라고 할 순 없을 것이다. 그저 마음을 한곳으로 모아 새로운 상황을 담담하게 맞이하려는 뜻이다.

제사는 과거의 일을 떠올리는 것이 아니라 새로움에 대한 준비의 문턱이 되어야 한다. 중요한 것은 과거, 미래가 아니라 '현재'다. 과거는 지나가 버렸기 때문에 떠올리기가 불가능하고 미래는 아직 오지 않았기에 의미가 없다. 오직 과거와 미래를 소화할 수 있는 지대로서 현재가 중요하다. 그래도 만약 과거가 중요하다고 말한다면 '현재 속에서 과거가 어떻게 작동하고 있느냐'가 중요할 뿐이고 미래 역시 마찬가지다. 고사나 제사는 우리가 과거를 역동적인 현재로 불러내는 방식 중 하나다. 현재를 통해 과거뿐 아니라 미래까지를 바라보고 이해하려는 노력. 그건 인간의 특이성이기도 하다.

2
인간의 속도와 바다의 자원

다랑어를 보면서 그들에게 미늘을 벗겨 낼 수 있는 기관이 있었다면 어떻게 되었을까 생각해 본 적이 있다. 만약 그랬다면 지구의 역사는 바뀌었을 것이다.

우리가 살면서 어디엔가 강력하게 걸려 있다고 생각한다면 그것은 낚시의 끝이 아니라, 그것을 빠져나오게 할 수 없는 '미늘'의 힘이 작동하고 있는 게 아닐까 생각해 보아야 한다.

새로운 어업방식 연승어업

연승어구는 대부분 수작업으로 이루어진다고 했다. 간혹 기계를 사용하는 경우가 있지만, 수작업이 조금 확장됐을 뿐이다. 가령 트롤어구처럼 유압윈치(winch) 따위의 강력한 힘을 일상적으로 사용하는 경우는 거의 없다. 연승어업은 낚시를 이용한 어업이라고 했는데 가장 핵심적인 것이 '라인(line)'이다. 연승어업을 영어로 '롱라인(longline)'이라고 부르는 것도 그것 때문이다.

연승어업에서 중요한 두 어구는 '모릿줄(main line)'이라고 불리는 것과 '모릿줄'에 일정한 간격에 따라 매다는(부착하는) '아릿줄(branch line)'이다. 아릿줄의 끝에 낚시를 부착하고 낚시엔 미끼(이깝, bait)를 끼운다. 모릿줄에 부착하는 아릿줄은 남궁호의 경우 보통 17개 정도가 한 세트가 되는데 이 한 세트를 '바찌(basket)'라고 한다. 그러니까 '한 바찌'는 17개 정도의 아릿줄로 이루어지며 아릿줄 끝에 미끼가 끼워진 낚시가 있는 것이다. 이런 바찌가 보통 130개 정도 되는데 그러면 낚시의 총 숫자는 '130(바찌) × 17(낚시) = 2,210개'가 될 것이다. '한 바찌'에 아릿줄 17개가 달린다고 했을 때 각각의 아릿줄 간 거리는 대략 51미터. 그렇게 계산하면 '한 바찌'는 51미터 × 16칸(낚시는 17개지만 낚시 간의 간격은 16개) = 820미터 정도다. 이런 바찌가 130개이므로 한 번 투승할 때 총 모릿줄의 길이는 다음과 같다. 820미터 × 130개 = 106,600미터. 킬로미터로 환산하면 대략 106.6킬로미터다. 이를 해상에서 사용하는 마일(海里)로 표시하면 57.3마일 정도다. 실로 어마어마한 길이라고 할 수 있다.

트롤이나 선망(旋網, purse seine, 건착망)어업에 비해 연승어업을 소극적인 어업이라고 할 수 있겠지만 실제로 어구가 뻗어 있는 길이를 생각해 보면 꼭 그렇게 말할 수도 없다. 해역마다 차이가 있지만 취약해양생태계(VME, Vulnerable Marine Ecosystem)라고 해서 국제적 차원에서 보호하고 있는 산호, 해면 같은 저서생물 그리고 상어, 고래, 바닷새 등이 보존될 수 있도록 노력해야만 한다. 트롤어선에선 저층(低層)에 서식하는 '취약해양생태계' 등이 주로 문제가 되고, 연승어업은 중층에서 이루어지기 때문에 그런 저서어종보다는 상어, 고래, 바닷새 등의 보존이 문제가 되었다.

모릿줄(주낙)은 따로 만들 필요가 없는데 '유기화학(poly vinyl)계'의 한 가닥으로 된(nylon mono, 3.5mm) 것을 사용하였다. 배에선 그걸 '데구스'라고 부르는데 '데구스'는 나일론 계통의 한 가닥짜리 라인(line)을 일컫는 일본말이다. 모릿줄에 모든 연승어구를 매단다고 생각하면 된다.

모릿줄과는 달리 아릿줄은 한 개가 여러 가닥으로 나누어져 구성되고 17개의 아릿줄이라고 했을 때 몇 번째 아릿줄이냐에 따라 아릿줄의 마디 구성은 달라진다. 길이와 무게도 조금씩 다 다르다. 하지만 17개가 모두 다른 것은 아니고 대략 세 가지 정도의 아릿줄을 17개 안에서 일정하게 배분해 모릿줄에 매단다.

아릿줄은 낚시와 미끼를 끼우기 때문에 한 가닥만으로 된 게 아니라 대략 다섯 가닥 정도를 연결시켜 사용한다. 각각의 아릿줄 마디들은 '요리도리'로 불리는 'swivel'로 연결된다. 그렇게 연결된 아릿줄의 총 길이는 대략 55미터. 이렇게 만들어진 아릿줄 한 세트를 '에다'라고 한다. 그러니까 에다 하나는 5개 정도로 나누어진 각종 라인으로 이루어져 있고, 그 라인은 각기 다른 크기(직경)의 '데구스'를 사용하거나 '글로벌 로프' 혹은 '테트론 코드(tetron cord)'와 같은 재질의 '라인'을 이용한다. 이것은 17개 낚시가 차지하는 한 '바찌'에서의 위치에 따라 길이가 달라지거나 무게가 달라지기도 하면서 가장 좋은 수심에 미끼가 내려가도록 하려는 이유 때문이다.

앞에서 말했듯이 연승어업에서 대부분의 어구는 '라인(로프, 끈, 줄)'으로 이루어진다. 그물로 잡는 어업이 아니기 때문에 그렇다. 그래서 '라인'을 이어주는 일과 그 이음새를 만드는 게 주요한 일이다. 가령 아릿줄의 경우 대략 다섯 마디의 '라인'이 연결되면서 이루어지는데 이때 요령이 필요하다. 무슨 말인가 하면 '라인'을 그냥 잇게 되면 물속에서 여러 가지 상황 때문에 아릿줄이 꼬여버릴 가능성이 크다. 그 때문에 이음새 부분에 '꼬임'을 방지하기 위한 장치를 하는데 그게 바로 '요리도리(swivel)'이라는 속구다. 이 속구는 양 끝에 연결된 '라인'이 무한하게 회전할 수 있도록 해서 두 '라인'이 꼬이지 않도록 하는 장치다. 특히 물속에서 어획물이 낚시를 물었을 때 본능적으로 여러 방향으로 움직이기 때문에 '요리도리'의 사용은 연승어업에서 필수적이다.

'라인'을 만들고 연결하려면 반드시 끝을 둥글게 '고리'로 만들어야 한다. 고리를 만드는 방법은 두 가지인데 손으로 '라인'의 가닥을 풀어 '라인' 본체의 꼬임 속에 억지로 가닥(푼 가닥)을 삽입하는 일명 '샤시(eye splice)'라 불리는 방법이고, 또 하나는 고리로 만들고 싶은 지점을 둥글게 모아 접속하는 지점을 '클립' 등으로 찍어서 잡는 방법이다. '글로벌 로프'처럼 섬유 가닥을 꼬아 만든 '라인'은 '샤시'라는 방법을 사용하지만 '모노비닐(mono vinyl)'로 이루어진, 여러 가닥이 아닌 오직 한 가닥으로 되어 있는 '데구스' 등은 더 이상 풀어낼 가닥이 없으므로 '샤시' 방법을 사용할 수 없기에 '클립'으로 찍을 수밖에 없다.

아릿줄

아릿줄을 만드는 일이 연승어구를 만드는 일 중 가장 큰 일이다. 약 2,200개의 아릿줄을 만들려면 그게 다섯 개의 마디로 나누어지므로 2,200 × 5 = 11,000개 정도가 될 것이고 여유분까지 생각하면 대략 20,000개 정도의 가닥을 만들어야 한다. 그리고 그 끝에 낚시를 모두 달아야 한다.

아릿줄을 만들 때 가장 먼저 해야 할 일은 공장에서 나온 긴 라인을 계획한 크기로 자르는 것이다. 아릿줄은 그냥 한 가닥이 아니라 다섯 가닥(마디) 정도가 연결되어 이루어지는데 그 가닥마다 길이나 재질이 모두 다른 라인들이 연결된다. 가령 다섯 가닥 중 맨 끝, 낚시와 연결되는 가닥은 대체로 '모노비닐(데구스)' 재질의 라인를 사용한다. 어획물이 낚시에 걸리면 본능적으로 강력하고도 빠르게 움직여 가닥이 손상될 가능성이 크기 때문이다. 그래서 어획물이 한 번이라도 걸린 낚시와 연결된 맨 끝자리 라인은 매번 교체해 준다. 아릿줄의 이 부분은 바닷속에 있다가 배로 올라올 때도 선체의 외판에 쓸려 손상될 가능성이 매우 크다.

아릿줄로 사용되는 여러 가지 라인은 '데구스'를 비롯한 '테트론 코드'와 '글로벌 코드' 등이다. 모두 재질이 다르고 단위 무게와 강도(끊어지는 한계로, '파단력'이라고도 한다)도 다르다. 이렇게 하는 이유는 한 '바찌'에 사용되는 낚시 전체의 균형을 맞추기 위해서이다. 17개의 낚시가 물속에서 균형을 이루며 알맞은 수심에 위치되어야 하기 때문이다. 데구스는 한 가닥으로 이루어졌으며, '테트론 코드'는 직경이 아주 가는 폴리에스테르 섬유 수십 가닥을 꼬아서 만든 것이고, 그 속에 납으로 된 '심(芯)'이 있다. '글로벌 코드' 역시 폴리에스테르로 이루어진 가는 가닥을 꼬아 만든 것으로, 안쪽에는 납으로 된 심이 있다. 라인 속에 심이 있는 것은 라인의 전체 강도를 강하게 만들기 위해서이기도 하고 라인이 무게를 가짐으로써 물속에서 해류 등에 흔들리지 않도록 하기 위해서이기도 하다.

트롤어업과 달리 연승어업에서는 이론보다 경험치를 더 중요하게 여기는 것 같았다. 실제로 트롤어업에 비하면 어구 때문에 어획이 민감하게 좌우되는 것으로 보이지는 않았다. 더불어 트롤어업처럼 특정한 해저를 긁고 지나가는 어법이 아니기에 조업코스 선택도 상대적으로 유연하다고 할 수 있었다. 어제 조업했던 자리라고 할지라도 어획량이 좋았다면 그 자리에 다시 투승을 해도 좋았던 어획량이 유지될 때도 있었고, 그와는 반대로 어제는 어획량이 좋았지만, 오늘은 생각지도 않게 저조한 때도 있었다. 사실 하루 사이에 어획량이 이렇게 많고 낮은 경우가 트롤어업에서는 거의 없는데 말이다. 그것은 아마 연승어업이 중층에서 이루어지는 것이라 대상어종들의 유영속도가 매우 빠르고 이동도 심하며, 트롤어업처럼 한 번 조업한 자리에 '저질을 긁은 자국'처럼 '어업 흔적'이 남는 것도 아니기 때문일 것이다. 그리고 '샤치(범고래)' 등과 같은 외부요인이 어획에 심대한 영향을 끼치기 때문이기도 할 것이다.

매일매일의 조업지 선택은 어군이 이동했을 것으로 여겨지는 방향을 잘 찾는 일이다. 실제로 '중층 어업'은 이런 방향 선택이 매우 중요한데, 이것은 머리가 아픈 일이기도 하다. 하지만 동물적 감각에 의존하는 일이기도 하였다. 여기서 동물적 감각이란 두 가지 의미를 갖는다. 하나는 그동안의 경험이 모여진 결과물이라는 것이고, 또 하나는 그 선택의 성공 여부를 잘 알 수 없다는 것이다. 또 중요한 것은, 넓은 바다에서 혼자 조업하는 게 아니라 다른 조업선들과 함께 조업하므로, 동물적 감각도 다른 어선들과의 조화를 이루어야 한다는 것이다. 망망대해에서 마음대로 방향을 잡고 조업할 수 있을 것 같지만 그곳에도 어떤 규칙성이 있다. 여기서 규칙성이란 자기 마음대로 할 수 없는 한계를 말한다. 즉 자신이 조업하고 싶다고 해서 마음대로 조업을 할 수 있는 게 아니라 옆에 있는 조업선의 사정을 고려해 가며 조업을 해야 한다는 뜻이다.

사실 이런 한계 아닌 한계는 트롤어선들이 훨씬 더 심하다. 넓은 바다에서 마음대로 그물을 끌고 다닐 수 없음은 자명하다. 뒤에서 오는 배, 옆에서 가는 배 그리고 앞에서 가거나 다가오는 배들을 모두 신경 써야 한다. 그래서 조업하는 동안 늘 '통신(보이스 통신)'을 열어 놓고 정보를 교환하는데, 어떨 때는 싸움이 일어나기도 한다. 같은 한국 어선들끼리는 공개적으로 싸우는 일이 거의 없으나 다른 나라 어선과는 그렇지 않다. 자신이 가고 싶은 곳으로 가지 못하거나, 다른 배가 자신의 조업에 방해가 되면 싸움이 벌어진다. 연승어선이든 트롤어선이든 자동차가 운행하는 것처럼 바로 옆에서 사이 좋게 조업하기는 어렵다. 왜냐하면 어구가 충돌하거나 엉키기 때문이다. 그렇게 되면 어선으로선 대형 사고다.

어업 용어에 담긴 차별

트롤어업뿐 아니라 연승어업도 배에서 사용하는 용어가 일본식인 경우가 많다. 예전에는 일본 용어를 그대로 사용하였지만, 요즈음은 영어를 사용하거나 일본식으로 발음된 영어를 사용한다. 가령 연승어선뿐 아니라 우리나라의 모든 선박에서 수석 1항사를 보통 '초사'라고 부르는데 이것은 영어 'chief officer'의 일본식 발음이다. 갑판장을 '보송(boatsun, boatswain)'이라 부르고 조기장(이 명칭 자체가 일본식 명칭이다)을 '남방(No.1 oiler)'이라고 부르는 것도 그렇다. 이것은 근대산업이 일본을 통해 우리에게 들어왔기 때문이다.

예전에 일본에서 도입한 중고선(中古船)으로 우리 원양어업이 이루어지던 시절이 있었다. 그래서 선원 직급의 명칭뿐 아니라 어구 이름을 비롯한 운항 전반에 걸쳐 일본 용어 혹은 일본식 용어가 많이 사용되었다. 일본어는 받침이 없어 발음이 어렵지 않고 약간 투박하게 느껴져서 그런지 발음할 때 오래 사용해 왔던 느낌이 든다. 그래서 당사자들의 현장경험이 많은 것처럼 여겨지게 만든다. 배에서 사용하는 일본 용어는 현장에서 상황을 전달해 주는 것이기도 하지만 실제론 현장 사람들 간의 '은어(隱語)나 속어(俗語)'처럼 사용되기도 하였다. 요즈음 그 비율이 좀 낮아졌지만, 예전에는 원양어업에서 어획한 어획물이 일본으로 팔려 나가는 비율이 아주 높았던 것도 일본 용어를 사용하게 되는 이유가 되었을 것이다. 실제로 어종의 이름이나 상품 코드는 아직도 일본식으로 사용하는 경우가 많다. 트롤어업은 그런 경향이 좀 덜한데, 연승어업에서 어획한 '다랑어'는 아직도 주요 판매처가 일본이기 때문에 그런 현상이 지속되는 것 같기도 하다.

한국 선원들이 승선하는 한국 어선이라면 한국 용어를 쓰는 게 이상적이라고 할 수 있겠지만 그것은 현장의 상황을 잘 모르는 말일 수도 있다. 언어는 국적을 따지기 이전에 현장에서 잘 소통되어야 한다. 언어는 현장의 필요 때문에 생겨나고 또 현장에서 사라지기 때문이다. 이를 굳이 국가나 민족이라는 잣대로 제어하려고 할 필요는 없다고 본다. 오히려 그런 용어들이 자연스럽게 현장에서 사용되도록 하는 게 여러 가지 측면에서 더 좋다는 생각도 든다. 현장을 빨리 이해하려면 현장의 언어를 빨리 습득하는 게 가장 효율적이다. 현장의 언어는 살아 있는 생물처럼 꿈틀거리는 것이어서 누군가가 인위적으로 개입하고 또 그것을 변형시킬 수는 없다.

또 어선에서 빈번하게 사용되는 게 '욕'이다. '헷또(head sailor의 일본식 발음)'를 '좆또'로 부르는 경우, '좆'은 그렇게 불린 사람이 자신보다 직급이 낮다는 의미도 있지만, 해당 직급의 선원이 강도 높은 일을 한다는 것을 의미하기도 한다. 물론 친하다는 느낌도 포함되어 있다. 욕에는 그런 이중성이 있는 듯하다. 하지만 업무상 어떤 명령을 할 때 '욕'을 섞어서 하는 것은 이런 느낌과는 좀 다르다. 특히 외국인 선원에게 잦은 욕설을 하는 것은 큰 문제를 잉태하는 원인이 될 수도 있다. 우리의 일상적 욕이 그들에게는 치욕적으로 느껴질 수 있으니까 말이다. 언어는 소통보다 '명령'의 역할을 한다고 한다. 말을 내뱉는 것이야말로 자신의 의사를 강력하게 표시하는 것이니까 말이다. 언어는 고정된 의미를 갖고 있는 게 아니라 어떤 상황에서 발화(發話)되느냐에 따라 그에 맞는 의미가 표출된다. 원양어선에서 일본 용어나 '욕'이 많이 사용되는 것도 소통보다는 긴급한 명령이 더 많은 원양어선의 특징을 보여주는 것이다.

흔히 우리는 '생각을 좀 하면서 말하라'는 말을 많이 듣는다. 하지만 생각을 하고 난 뒤 말하는 경우는 거의 없다. 모두 생각하면서 말하는 것인데, 이것은 말이 생각이고 생각이 말이라는 의미다. 가령 욕도 그와 같은 게 아닐까. 그리고 같은 욕이라고 하더라도 자신과 어떤 관계에 있는 존재(사람이 아니라 더 확대해 보면)에게 뱉은 것인가가 더 중요하다. 우리끼리라면 그냥 넘어갈 것도 상대가 달라지면 상황이 달라진다. 사실 지금 원양어선에 승선하는 외국인 선원에게 욕을 많이 하는 것은 기본적으로 '차별의식'이 깔려 있기 때문이다. 차별의식이 사라지면 일방적인 욕은 자연스럽게 사라질 것이다.

이 차별의식을 깊이 들여다보면 그 뿌리가 상당히 깊은 것을 알 수 있다. 뿌리가 너무 깊기에 오히려 그걸 모를 수도 있겠다. 잘 보이지 않으니까. 그래서 차별이 본질적인 것이라고 여긴다. 하지만 차별은 본래부터 있었다는 의미의 본질적인 게 아니라 분명 만들어진 것이고, 관계를 잘못 이해한 것이다. 그리고 그것은 불행하게도 복제된다. 즉 차별을 많이 겪었던 경험이 그 차별을 올바로 이해하는 방향으로 작동하는 게 아니라, 차별의 패턴을 자신도 모르게 따라 하게 되는 누적 경험치가 되는 것이다. 하여 차별은 고도화되는 경우가 허다하다. 마치 풍선효과처럼 누르면 사라지는 게 아니라 다른 방향으로 부풀어 오른다. 원양어선에서도 그런 차별의식은 상존한다. 이걸 어떻게 하면 개선할 수 있을까. 난 억압적인 그 무엇으로 해결할 수 있으리라 생각하지 않는다. 문제는 원양어업의 노동환경이다. 즉 원양어선원들의 노동환경을 획기적으로 개선하는 게 먼저라고 생각한다.

또한 차별의식은 자기 부정적 의식이기도 하다. 자신을 긍정할 수 있는 노동환경을 만드는 일이 그래서 더 중요하다. 자신을 긍정할 수 있는 관계를 만든다는 게 도대체 무엇일까를 잘 생각해 볼 일이다. 이것은 원양어선원들의 생각을 올바르게 하고 행실을 바르게 하라는 도덕적 명령이 아니라, 우리 사회가 원양어선원들의 노동환경을 획기적으로 바꾸어 낼 수 있도록 해야 한다는 말이다. 노동환경과 차별의식이 별개로 존재하는 게 아니기 때문에.

브이 만들기

아릿줄이 완성되면 다음으로 만들어야 할 어구가 브이(buoy) 관련 속구(屬具)다. 브이는 '바찌(바스켓)'를 표시하는 데 사용한다. 그러니까 '1바찌'마다 브이를 부착한다. 그리고 '10바찌'마다 '라이트 브이(light buoy)'라고 해서 일정한 주기로 불빛이 반짝반짝하는 브이를 단다. 그것은 첫째로 투승과 양승할 때 작업이 얼마나 진척되었는가를 보려고 하는 것이다. 그것과 더불어 양승할 때 올라오는 '바찌'를 셀 수 있어야 어떤 어종이 몇 번 '바찌'에서 어획되었는지를 알 수 있기 때문이다. 하여 브리지에서는 양승할 때 몇 번 '바찌'의 몇 번 낚시(미끼의 종류까지 알 수 있다)에 어떤 어종이 물었는지를 조업일지에 기록한다. 물론 모든 어종을 기록하는 것은 아니고 주요한 어종 중 치수가 큰 것만 기록한다. 그런 기록을 토대로 아릿줄의 구성이나 길이를 조정하고 미끼도 조정한다.

투승할 때 맨 처음과 마지막에도 브이를 부착하여 바다로 투하하는데 이때는 '라디오 브이'라고 해서 전파로 자신의 위치를 발신하도록 하는 장치가 달린다. '라디오 브이'가 발신하는 전파를 브리지에서 수신할 수 있으므로 나중에 양망할 때 어구가 있는 곳을 정확하게 찾아낼 수 있다. 예전에는 '방탐기(方探機)'라는 브이 전파음 수신기가 있었으나 요즈음은 전파기술의 발달로 브이 찾기가 매우 쉬워졌다. 맨 처음 브이 즉 '라디오 브이'를 연승어선에서는 '초기(初期)'라 부른다. '초기'에는 '라디오 브이'만 부착하는 게 아니라 커다랗고 붉은 '애드벌룬 타입(노르웨이 브이)'의 브이도 2개 정도 부착해서 초기를 찾을 때 육안으로도 쉽게 식별할 수 있도록 한다. 요즈음에는 라디오 브이도 'GPS 브이'라고 해서 정확성이 높아졌다.

연승어선에는 아직 완벽하게 공급된 것은 아니지만, GPS시스템(자동차 내비게이션과 같은 것으로 생각하면 됨)이 상용화되어 망망대해서도 거의 완벽하게 자신의 위치를 알 수 있다. 그리고 그게 비디오 플로터에 표시되기 때문에 그것 때문에 스트레스를 받는 항해사들은 거의 없다. 하지만 이런 고도화된 기술 때문에 '감시 상태'가 소홀해지고 사고가 나는 경우도 있다. 결국 마지막으로 관찰하고 판단해야 할 주체는 인간이기 때문이다.

예전에는 항해사들이 브리지에서 해야 할 중요한 일 중 하나가 '견시(見示)'였지만 지금은 그렇지 않다. 견시는 대부분 항해 장비들이 해 준다. 항해사는 그런 장치가 잘 작동하고 있는지만 확인하면 되지만 그 확인이라는 것도 긴장감이 흐르거나 상시적이진 않다. 연승어선의 경우 항해사는 조업할 때 대부분 브리지 한쪽에서 방향타와 엔진을 담당한다. 당직은 거의 혼자서 서는데 방향타와 엔진 조정을 아주 빈번하게 해 주어야 하기 때문에 여유가 좀 없는 편이다. 하지만 이 작업도 숙달되면 아주 여유롭게 그리고 노련하게 수행할 수 있다.

아가미의 미늘

연승어선에서 사용하는 낚시의 크기는 13호, 14호처럼 숫자로 표시된다. 낚시의 끝이 안쪽으로 휘어진 '환형(環形)'은 바다거북을 보호하기 위한 것인데 설령 바다거북이 낚시를 물었다 할지라도 쉽게 빠질 수 있도록 만들었다. 하지만 실제로 효과가 있는지는 모르겠다. 그와는 달리 낚시 끝이 일직선으로 뻗은 것은 '테라시마형'이라고 하는데 현장에서는 환형보다 '테라시마형'을 더 선호하는 듯하다. 어떤 형이 어획 성적을 높이는지 통계는 없으나 대체로 현장에선 평소보다 어획이 저조하다거나 근처의 해역에서 조업하는 다른 어선보다 저조하면 어구를 수정하고픈 욕망이 생기는 것 같다. 그래서 이렇게도 해 보고 저렇게도 해 본다. 그중 가장 많이 손을 대는 어구가 아릿줄의 길이와 구성이다. 미끼의 종류도 이리저리 순번을 교체해 본다. 낚시를 교체하기도 한다. 낚시의 크기가 작으면 어획물이 낚시를 물을 때 낚시가 빠지거나 부러지는 일도 있다고 하는데, 실제로 그럴 수는 없다는 생각이 들었다. 낚시에 걸린 어종이 강도가 강한 낚시의 '휨' 부분을 부러뜨리거나 '휜 것을 펼' 정도는 아니라고 보기 때문이다. 그 정도라면 낚시가 아니라 아릿줄이 끊어질 것이다.

또 어획 성적을 획기적(?)으로 향상시켜 준다고 해서 낚시 위쪽에 부착한 게 일명 '반짝이(blue light)'인데, 이것은 물속에 들어가면 전극이 연결되어 일정한 간격으로 반짝거린다. 아마도 대상 어종을 미끼뿐 아니라 불빛으로 유혹하려는 것이리라. 실제로 사용해 보니 '다랑어'보다는 '새치류(bill fish)' 어획 성적이 좋아졌다. 예전엔 외장형 건전지라서 며칠 사용하지 못하고 건전지를 교환해 주어야 하는 번거로움이 있었는데 요즈음 나온 제품은 건전지가 모두 내장형이고 그 수명도 2개월 정도가 되어 상대적으로 매우 편리하였다. 2,200개의 낚시에 다 부착할 수는 없고 '한 바찌'에 6개씩만 달아도 780개 정도가 필요하였다. '반짝이'를 사용하는 것도 연승어선들 사이에서 유행처럼 번지는 것 같았는데 누가 반짝이를 부착하여 어획이 좋아졌다는 소문이 돌면 모든 배가 반짝이를 부착하였다.

이것과는 반대 역할을 하는 이른바 '샤치(범고래) 퇴치기'도 있었는데 이것은 어획물을 뜯어 먹은 '샤치'의 접근을 막기 위해 '샤치'가 싫어하는 소리를 내는 것이다. 암컷 모기가 싫어하는 수컷 모깃소리를 내는 '모기 퇴치기'를 떠올리면 되겠다.

낚싯바늘을 보면서 떠오르는 게 하나 있는데 그것은 바로 '미늘'이다. 이 미늘은 어획물에 박힌 낚시가 빠지지 않도록 하는 역할을 한다. 낚시는 두 개의 힘이 다른 방향으로 작동하는 것이라 할 수 있다. 먼저 낚시를 물게 된 어획물은 낚시의 첫 번째 힘에 의해 걸려들지만, 나중엔 이 미늘 때문에 낚시에서 빠져나올 수 없게 된다. 이것은 중요한 의미를 함유하는데 중독성과 그것을 빠져나오지 못하게 하는 힘에 대한 것이다. 중독이 되려면 강한 힘이 작동해야 하지만 그것을 빠져나오지 못하게 하는 것은 그 중독성보다 약한 '미늘'의 힘이다.

엄밀한 의미에서 보면 낚시의 끝에는 아무런 문제가 없어 보인다. 먹이가 달려 있고 그 먹이를 먹고 빠져나가는 데에도 문제가 없어 보인다. 하지만 문제는 '미늘'이다. 이 '미늘'이야 말로 낚시가 갖고 있는 핵심적 의미이다. 미끼 뒤(미끼 안쪽이 아니다)에 살짝 숨어 '역방향'으로 작동하는 미늘. 사실 미늘의 핵심은 오직 '역방향'으로만 작동한다는 데 있다. 낚시의 끝만을 이야기한다면 힘의 방향성은 양방향이라고 할 수 있지만, 미늘은 그렇지 않다.

낚시에 걸린(사실은 미늘에 걸린) 다랑어를 보면서 그들에게 미늘을 벗겨 낼 수 있는 기관이 있었다면 어떻게 되었을까 하는 생각을 해 본 적이 있다. 만약 그렇다면 지구의 역사는 바뀌었을 것이고 연승어업도 없었을 것이다. 살면서 어디엔가 강력하게 걸려 있다고 느낀다면 그것은 낚시의 끝이 아니라, 빠져나오지 못하게 하는 '미늘'의 힘이 작동하고 있다고 생각해 보자. 나, 아니 우리 그리고 중독성 강한 자본주의 체제의 '미늘'은 과연 무엇일까? '무엇일까'라고 물었지만 이 '미늘'의 특징은 잘 보이지 않아 알 수 없다는 것이다. 잘 보이진 않지만 약한 힘만으로도 목적의식적으로 강력하게 작동하는 '미늘'이 낚시에 있다. 그렇게 보면 세상의 모든 목적의식적인 것은 '미늘'의 향기를 품고 있는 것 같기도 하다. 그러므로 다시 규정되어야 할 것 같다. 낚시는 그 자체가 '미늘'이라고.

속도와 바다의 자원

현대 원양어업은 대부분 기계화되었다. 기계화되었다는 말은 어획량이 많아졌음을 의미하기도 한다. 기계라고 하면 정확함과 거대함을 떠올린다. 그동안 기계는 삶의 양적(量的)인 문제를 해결해 줄 수 있다고 생각되었다. 하지만 이제 기계는 오히려 양적 문제를 넘어 삶의 질적인 문제에 깊이 관여하게 되었다. 그중 하나가 기계로 인한 삶의 속도 문제다.

기계의 거대함과 육중함은 삶의 속도를 바꾸어 놓았다. 기계를 통해 우리는 가 볼 수 없는 곳에 갈 수도 있고 심지어 그걸 넘어 자신의 일상 속에서도 그것을 체험해 볼 수 있게 되었다. 하루 만에 지구의 반대편으로 간다든지 여태까지는 전혀 갈 수 없다고 생각했던 다른 천체에 가 볼 수 있다든지 하는 것도 그중 하나일 것이다. 기계가 만들어내는 이런 속도감 때문에 활동의 능력과 인식의 범위도 변화하였다. 그래서 육지를 떠나 먼바다에서 수개월 동안 논스톱으로 조업을 하는 것도 가능해졌다. 그리고 기계의 흐름에 따라 신체는 물론 우리의 생각도 바뀌게 되었다.

그것은 다음과 같은 사항에도 해당한다. 우리가 기계를 만들지만, 기계가 우리를 변화하게 만들기도 한다는 것이다. 가령 컨베이어 벨트 시스템 같은 것을 생각해 보자. 벨트의 진행 속도를 조금씩 올리면 인간은 그 속도에 맞춰 작업 속도를 올려야 한다. 시스템이 빨리 돌아가는데 자기 혼자만 그것에 역행할 수는 없다. 이게 심화되면 그 속도에 맞는 표준형 인간이 탄생한다. 즉 표준형 인간이 아닌 인간은 정상이 아니라 비정상으로 취급된다. 기계는 혼자서 작동하는 게 아니라 인간과 함께 작동한다. 더불어 기계는 반드시 물체로서의 기계만이 아니라, 우리 주변의 모든 것을 기계화한다. 그리고 정신조차 그 기계의 속도에 맞추어진다. 하지만 이는 서서히 이루어지기 때문에 인간은 그것을 감지하지 못한다.

이 기계는 속도의 문제를 떠나서 인류의 문명을 바꿀 수 있는 문제이기도 하다. 결국, 그것 역시 기계가 추구하는 속도의 문제이긴 하지만 말이다. 대부분의 사람은 기계의 속도에 포섭되어 기계에 대한 자신의 관점이 자신을 갉아먹고 있다는 것을 알지 못한다. 어쩌면 자업자득이라고 해야겠지만 그렇게 하긴 너무 허무하고 무책임해 보인다. 사실 기계의 문제는 결국 인간이 어떤 관계 속에서 살아가야 하는가를 묻는 질문이기도 하다. 물론 나는 우리가 기계 시스템을 버려야 한다고 말하려는 게 아니다. 당연히 우리는 기계를 떠날 수 없다. 하지만 기계를 잘 이해하고(기계를 만지는 기술을 이해하자는 말이 아니다), 기계와의 관계를 잘 활용해야 한다고 말하고 싶다.

현대 어업은 기계가 조업 전반을 지배하는 시스템으로 이루어져 있다. 대량으로 어획이 이루어지고 아주 빠른 시간(반드시 시간적 빠름이 아니라도) 내에 현장의 싱싱함이 보존된 채로 육지의 소비자들에게 인도된다. 현대 어업은 트롤어업이든 연승어업이든 어쩌면 기계화의 전장(戰場)이라고 할 수 있다. 단순하게 어구를 바닷속에 집어넣어 어획물을 잡는 게 아니라, 온갖 첨단 장비가 동원되어 최적화된 상태에서 가장 효율적으로 조업이 이루어지고 있기 때문이다. 하지만 우리가 이 지점에서 생각해 보아야 할 것은 과연 바다 자원이 우리가 구사하는 기계화된 조업 시스템을 견딜 수 있겠느냐 하는 것이다. 사실 현대 어법은 극도로 고도화되어 해양생태계를 단시간에 파괴해 버릴 수 있는 수준까지 올랐다고 할 수 있다. 아무런 규제 없이 어장에서 현대 어법을 마음껏 발휘할 수 있도록 허용한다면 바다 생태계의 파괴는 불을 보듯 뻔하다. 바다 생태계가 무너지는 것은 바다 생태계 자체의 문제로 끝나는 게 아니다. 이렇듯 기계(화)는 양적으로 바다 생태계를 완전히 파괴할 수 있는 수준에 이르렀고, 우리의 인식까지도 바꾸어 버렸다.

이때 우리에게 필요한 것은 양적인 측면에서 기계화된 어업을 적정 수준에서 규제할 수 있는 시스템이다. 더불어 우리 인식도 바뀌어야 한다. 그런데 인식은 단순하게 바꿀 수 있는 게 아니다. 왜냐하면 우리는 역사나 사회적 환경의 지배를 받는 존재이기 때문이다. 그러므로 우리가 처한 삶의 환경부터 조금씩 바뀌어야 한다. 우선 원양어업에서 어선원들이 처한 열악한 작업 환경부터 대폭 개선되어야 한다. 그래야 그들도 현장에서 바다 생태계를 지켜내야겠다는 생각을 떠올릴 수 있다. 이런 기반들이 여러 측면에서 조성되어야 한다. 인식의 전환과 그와 관련된 시스템 개발, 전문가 양성 그리고 그 모든 것의 저변으로서 그에 관련된 사람들의 삶이 질적으로 개선되어야 한다. 이것은 단순히 기계를 사용하지 말자는 게 아니다. 기계는 삶의 영역에서 유용하게 사용하되 그것에 대한 반성과 성찰은 여러 방면에서 늘 해야 한다는 말이다. 반성은 특정 부문뿐만 아니라 우리가 처한 다양한 삶의 저변에서 동시에 이루어져야 한다.

13시간 톱니바퀴

모릿줄(주낙, mainline)을 감는 기계는 양승기(line hauler)라고 한다. 연승어선 역시 수많은 어로기계가 있다. 길이가 100km가 넘는 모릿줄을 사람의 손으로 다 당길 수는 없다. 양승기는 속도를 조절할 수 있지만 보통 한 시간에 '10바찌' 정도 감기도록 조정해 놓는다. 그렇게 하면 하루에 '130바찌' 정도를 투승하므로 13시간 정도 걸린다. 이것은 이론적인 것이고, 실제로 양승을 하면서는 여러 가지 상황이 발생하므로 14시간 이상 걸린다. 낚시에 어획물이 많이 걸리거나 간혹 모릿줄이 끊어지는 경우, 양승시간은 늘어진다. 연승어업은 조업 자체의 강도보다 조업시간이 너무 길어서 선원들을 힘들게 한다. 순간순간 힘든 것은 별로 없지만, 조업시간이 길다 보니 그게 만만치 않은 작업 조건이 된다.

아릿줄(branch line, 에다)을 감는 기계도 있다. 아릿줄 한

개 길이가 대략 55미터 정도 되지만 그것을 처음부터 끝까지 사람 손으로 다 둥글게 사릴 수가 없다. 기계를 이용해서 아릿줄을 당기면서 사리고 나머지 부분을 사람의 손으로 사린다. 사린다는 말은 둥글고 가지런하게 정리하는 것을 말한다. 그렇게 해야 다음 투승할 때 손쉬워진다. 사실 아릿줄 사리는 작업은 쉬워 보이지만 그리 쉬운 것은 아니고 일정한 숙련 기간이 필요하다. 아릿줄 사리는 게 미숙해서 갑판장에게 욕을 얻어먹는 선원도 많다. 그도 그럴 것이 아릿줄이 제대로 정리가 안 돼 있으면 투승이 순조롭게 이루어지지 않아 투승조들이 애를 먹기 때문이다.

어획물이 낚시에 걸렸을 때 초기(初期)에 어획물을 당기는 기계는 '투나풀러(tuna puller)'라고 하는데 전기의 힘으로 작동된다. 처음부터 어획물을 손으로 당기려면 힘들기도 하지만 위험하기도 하다. 어획물이 생존해 있다면 물속에서 심하게 요동치기 때문이다. 그때 사람의 손으로만 아릿줄을 잡고 있으면 손을 다칠 위험도 있고 심지어 사람이 바닷속으로 렛고(당겨져 바다로 추락) 될 수도 있다. 그래서 어획물이 바다의 표면 혹은 배에서 보일 정도로 떠오를 때까지 이 기계를 이용하여 아릿줄을 천천히 감아 준다.

모든 기계는 동시에 작동한다. 모릿줄은 쉴 새 없이 감기고 모릿줄에서 아릿줄을 분리하여 아릿줄 감는 기계로 아릿줄을 둥글게 사리고, 그때 어획물이 낚시에 걸렸다 싶으면 '투나풀러'에 아릿줄을 연결해 서서히 '투나풀러'를 작동시켜 아릿줄을 감는 것까지 말이다. 일사불란하게 갑판에서 움직이지 않으면 아까운 어획물을 놓칠 수도 있고 사람이 다칠 수도 있다.

그러고 보면 양승시간 13시간이 단순하게 흘러가는 게 아니라 늘 잠재적인 긴장 시스템 속에 '함유(含有)'하면서 돌아가는 거대 기계의 톱니바퀴 같다.

어황방송

연승어선의 특징 중 하나는 '통신계기'의 발달이다. 사실 '저층어업'을 하는 트롤어선은 단거리 교신용인 'VHF(초단파 통신기)' 정도만 있으면 된다. 이런 통신계기를 '보이스(voice) 통신'이라고 하는데 모두가 전화기처럼 사용할 수 있는 데서 나온 명칭이다. 요즈음은 'e-mail'로 소통하기 때문에 예전처럼 'CW(모르스 통신)'를 사용하지 않는다. 그래서 그 일을 담당하던 '통신장(국장)'을 승선시키지 않는 어선도 많다.

해기사(海技士)에는 세 종류가 있는데 '항해사, 기관사, 통신사'가 그것이다. 그중 통신사, 즉 국장은 요즈음 승선하기가 쉽지 않다. 그러다 보니 일반 선원의 연령도 높은데 통신사 평균연령은 더 높은 편이다.

트롤어선이 주로 단거리 보이스 통신 즉 'VHF'를 많이 사용하는 반면 연승어선은 '2MF(중파 통신기)'와 같은 중,

장거리 보이스 통신을 사용하는 편이다. 왜냐하면 어장 자체가 아주 넓기 때문이다. 트롤어선과는 달리 어장의 범위가 넓다 보니 어장 이동을 한 번 하면 짧아야 하루이고 어떤 때는 일주일씩 걸릴 때도 있다. 그리고 조업코스도 트롤어선처럼 몇 마일 혹은 1마일 이하 단위로 정교하게 코스(조업 혹은 예망 코스)를 택하지 않고 멀찍멀찍하게 떨어져서 조업한다. 그래서 연승어선은 조업지에서 100마일 정도 떨어져 있으면 옆에 가까이 있다는 느낌을 받는다. 쌍방을 향해 투승하면 하루 만에도 만날 수 있는 거리이기 때문이다. 공간 역시 사람이 처한 사정에 따라서 다르게 느껴지는 것이다.

저층트롤어선의 어장은 수심과 깊은 관련이 있다. 최대한으로 확대하더라도 수심 700미터 정도가 되면 조업하기가 쉽지 않지만, 태평양에서 다랑어를 잡는 연승어선은 중층어업이기에 그 활동 폭이 훨씬 넓다. 수십 마일 혹은 몇 마일 내에서 복잡하게 조업하는 트롤어선으로선 상상할 수가 없다. 트롤어선은 어구가 충돌하는 것은 물론 심지어 배가 부딪힐 정도로 근접 조업을 할 때도 있지만 연승어선은 육안이나 레이더로 살펴보면 늘 혼자밖에 없는 상황이 된다. 그래도 어구의 전개 폭이 워낙 넓다 보니 바다에 던져 놓은 어구가 아주 가끔은 엉킬 때도 있다. 한국

어선끼리는 그런 사고가 거의 나지 않지만, 외국 어선들과는 잘 소통이 되지 않아서 가끔 그런 사고가 생긴다.

그래서 원양연승어업에서는 해역에 따라 '어황방송'이라는 걸 한다. 방송이라고 해서 특정 방송국에서 진행되는 게 아니라 같은 해역에서 조업하는 연승어선끼리 일정한 시간을 정해 놓고 자신의 위치와 투승코스 등을 공유하는 것이다. 연승어선에선 적어도 3마일 이상의 간격을 유지하는데, 이는 투승해 놓은 주낙(모릿줄)이 해류에 떠내려가는 것까지를 감안하여 서로 넉넉한 간격이 필요하기 때문이다. 이런 이유로 연승어선에선 레이더보다도 통신장비가 훨씬 더 중요하다. 어황방송은 노트에 정리되어 매일 브리지에 보고되고 또 어장도(프로팅 시트)에 표시된다.

광범위한 어황방송 말고도 해역에 따라 어황방송을 하기도 하고 또 선단에 따라 어황방송을 하는데, 조업정보를 속이지는 않지만(실제론 속이기 어렵다) 어획실적은 속이는 경우가 많다. 그러다 보니 어황방송에서 받아 오는 다른 어선의 어획량이란 마치 '기성구두'처럼 서로 비슷비슷한 경우가 대부분이고, 그런 일이 반복되다 보니 그 어획량을 진짜라고 믿는 사람은 거의 없었다. 오히려 어황방송은 혹시 특별한 일이 있나 없나를 알아보는 수준이라고 해야 할 것이다. 하지만 선단방송(같은 회사 소속 방송)에서는 거짓말을 하는 경우 별로 없다. 거짓말을 해도 금방 들통이 나기 때문이다. 그리고 회사 차원에서 보면 선단 어선 모두가 대어(大漁)하기를 바라기에 서로 중요한 정보는 즉시 다른 배에 알려 준다.

선단방송의 문제는 어획량의 보고에 있어서 배마다 큰 차이가 나면 좋지 않다는 것이다. 왜냐하면 같은 조건에서 다른 배는 고기를 많이 잡고 자신은 고기를 많이 잡지 못한다면 회사로부터 질책을 받을 수 있기 때문이다. 그래서 어획량뿐 아니라 회사에 요구하는 여러 가지 문제도 적당하게 갈무리하는 경우가 있다.

트롤어선도 그렇고 연승어선도 그렇지만 그들이 주로 활동하는 해역은 특정 어장으로 국한되어 있기에 어선이 아닌 상선(商船) 등이 어선 주위로 항해하는 경우는 거의 없다. 그러다 보니 원양어선은 항해술을 그리 중요하게 여기지 않는다. 항해라고 해도 조업을 위한 항해가 필요할 뿐이다.

모든 통신계기는 다수의 채널이 있는데 특히 'VHF' 16번 채널 개방은 의무 조건이다. 이것은 국제 공용채널로서 반드시 켜 놓아야 하고 다른 배와 긴급하게 교신할 필요가 있을 때 반드시 16번 채널로 호출이 가능해야 한다. 상호교신을 할 때도 특별한 일이 없는 한 16번 채널에서 계속 대화를 하면 안 되고 통신이 접속되면 다른 채널로 넘어가 통신을 해야 한다. 16번 채널은 일종의 상시적인 비상 채널인 것이다. 통신으로 어황정보를 교환하기도 하지만 바다에서 만난 지인들끼리 신변에 대한 이야기나 세상 이야기 같은 잡담을 나눌 때도 많다.

어장도

요즈음은 항해에서나 조업에서나 '종이해도'는 거의 쓰지 않는다. 그저 참고용일 뿐이다. 예전엔 트롤어선 중 연안에서 레이더로 조업을 하는 경우, 종이해도가 아니라 자체적으로 만든 '어장도'를 사용하였다. 어장도는 본선의 레이더 위치를 내서 만든다.

연승어선에선 종이해도를 사용할 일이 더 없다. 대신 '어황방송'을 통해 전달된 다른 어선의 동향을 항해용 '종이 시트(plotting sheet)'에 일일이 손으로 기입하는데, 트롤어선의 '어장도' 역할을 한다. 일주일 단위로 다른 배의 동향을 적어 두고 자신의 조업에 참고하는 수준이다. 이것도 쉬운 일은 아니다. 같은 해역(경도 20° 단위로 나누어서 해구라고 부른다)에서 조업하는 배들이 수십 척이면 날짜별로 '가는 펜'의 색깔을 바꾸어 가며 촘촘하게 기록하는데, 상당히 힘들고 지루한 일이다.

그래서 그 대신 '전자해도'를 사용하기도 한다. 본격적으로 전자해도를 사용하는 곳은 항해를 전문으로 하는 '상선'이고 어선에서는 '전자 플로팅 시트(sea chart)'를 사용한다고 보면 되겠다. 그것을 '자이로(gyro) 시스템, 자동항법(auto pilot), 레이더' 등과 연계시켜 사용하는데 거의 전자해도 수준이라고 해도 될 것이다.

실제로 동부태평양어장으로 갈 때 부산에서 출항하여 대양으로 빠져나오면 야간에 레이더를 켜지 않고 '전자 플로팅 시트'만으로 항해가 가능하다. 망망대해에 지나가는 배가 거의 없을 뿐 아니라 자신이 정해놓은 범위 안으로 다른 배가 접근하면 '디지털 시스템'이 알려 주기 때문이다. 요즈음은 자신의 배에 GPS 및 전자항해 시스템을 장착하고 등록만 해 놓으면 다른 배들에도 자신의 정보가 보이게끔 되어 있다. 가령 항해 중에 레이더에만 찍혀도 선명이 무엇이며, 지금의 코스와 속도 그리고 목적하는 항구의 이름까지 알 수 있다.

앞으론 마치 '슈퍼컴퓨터'처럼 모든 정보를 통합하는 계기가 나올 수도 있을 것이다. 위치와 속도는 물론 기상과 관련된 것 그리고 해류, 자동항법장치, 자동자기정체성발신장치(AIS) 같은 게 통합될 날이 머지않아 올 것이다.

그러므로 항해사들의 일이란 오직 계기를 점검하고 감

시하는 일뿐이라고 해야 할 수도 있다. 하지만 망망대해에서도 간혹 대형 해난사고가 일어나는 걸 보면 그런 첨단항해계기 속에 숨겨져 있는 틈을 인간, 즉 항해사가 커버해야 하는 건 아닐까 생각된다. 아무리 첨단장비라고 할지라도 인간이 그 속에 상주하고 있어야 한다는 말이다. 물론 이런 전제도 4차 산업혁명이 고도화되면 사라질 수도 있겠지만.

매수계

연승어선에서 사용하는 특이한 계기 하나가 '매수계(枚數計)'다. 선미에서 이루어지는 투승상황을 알려주는 계기다. 연승어선에선 투승의 속도를 매번 조절해야 할 필요가 있는데 그게 '신축(伸縮)률'이라는 개념이다. 모릿줄에 아릿줄을 매달고 그 끝에 낚시와 미끼를 다는 것이지만 낚시가 원하는 수심에 머물게 하려면 모릿줄에 '신축'을 주어서 모릿줄이 바닷속에서 처지게(포물선 형태의 아래로 드리워지게) 해야만 한다. 그게 '신축'이다. 그때 신축을 조절할 수 있는 게 배의 속력과 투승 속도이다. 그리고 투승 속도를 정해주는 게 '매수계'다.

투승을 시작하면 브리지에서 원하는 투승 속도에 맞춰 매수계가 작동한다. 그 신호가 선미에서 투승하는 선원들에게 전달되고 선미에서는 매수계에 맞춰 투승, 즉 아릿줄(아릿줄 끝에 매달린 미끼)을 던지면 된다. 보통 신축률은

70~85%를 주는데 더 깊은 수심에 낚시를 머물게 하고 싶다면 더 작은 신축률을 더 많이 주면 된다. 신축률 100%는 가능하지도 않지만 어획에도 도움이 되지 않는다. 모릿줄이 팽팽해져 신축률이 100%가 되면 모릿줄이 바다의 표면에 있음을 의미하기 때문이다.

또 하나의 특징은 항해사가 조업 당직을 설 때 브리지의 한쪽 끝 의자에 앉아 당직을 선다는 것이다. 주로 항해사는 12시간씩 맞교대를 한다. 양승할 때 모릿줄이 올라오는 각도를 일정하게 유지하도록 배를 조선해야 하는데 그때 항해사는 브리지 중앙에서 '방향키(steering gear)'를 잡는 게 아니라 '타 조정 방법'을 '리모트 컨트롤'로 전환해 브리지의 한쪽 구석에 있는 의자에 앉아 배를 조선한다. 의자에 앉아야만 양승하는 갑판의 활동상황이 훤하게 보인다. 그리고 핸들만 움직이는 게 아니라 상황에 맞게 엔진도 다양하게 써 주어야 한다. 어떤 어종이 어획되고 있는지도 알아야 한다. 앉아서 당직을 서는 게 쉬워 보이기도 하지만 12시간이라는 당직 시간을 생각하면 그리 쉬운 일은 아니다.

브리지 당직을 앉아서 수행할 수 있는 곳은 연승어선이 유일할 것이다. 그래서 연승어선에서 항해사를 하다가 트롤어선 같은 곳으로 가면 서서 당직 업무를 수행해야 하는 것 때문에 다리가 아프다고 호소하는 사람이 있다.

보통 우리가 배에서 '브리지 당직'이라고 하면 항해와 관련된 업무를 떠올리게 되고 자신의 배 주변을 관찰하는 이른바 '견시(watch) 업무'가 가장 중요하다고 생각한다. 하지만 어선은 어장에서 하는 어로행위가 가장 중요하기에 그와 다르다.

가령 상선은 야간에 모든 불빛(light)을 가린 채 항해를 하지만 어선에서는 불빛을 환하게 켜 놓고 조업하는 경우도 많다. 야간 항해 때 자신이 승선하고 있는 배의 불빛을 환하게 밝히면 그 속에 있는 자신은 바깥을 거의 볼 수 없는 '아이러니'가 발생하여 매우 위험하다. 물론 조업하면서도 다른 배와 충돌 위험이 있을 때는 항해 규칙을 지켜야겠지만, 어선에서 중요한 업무는 항해가 아니라 조업이고 조업에 집중하기 위해 주변의 배를 '항해학적 관점'에서 살피지 못하는 경우가 허다하다.

실제로 연승어선이 조업하는 '동부태평양어장'을 가로질러 항해하는 상선은 거의 없다고 해도 무방하다. 오히려 갑판에서 일어나는 일촉즉발의 여러 가지 상황이 연승어선에선 더 중요하다.

그러므로 주간이든 야간이든 연승어선 브리지에서는 항해와는 거의 상관없는 장면이 늘 펼쳐진다. 주변에 다른 배도 거의 없고, 있다고 해도 자동자기정체성발신 장치에 기록되어 그 배의 이름이 무엇이며 속도와 방향은 어떤지, 어디로 가는지까지 모두 알 수 있다. 초기에 조건만 입력시켜 놓으면 입항할 때까지 그런 일은 모두 기계가 한다. 하여 브리지 당직자는 오직 조업에만 신경을 쓰는 편이다. 연승어선은 투승을 하고 양승하기까지 시간이 있어서 배를 운행하지 않고 바다에 그냥 띄워 놓는 경우가 대부분이다. 그래서 심지어 브리지를 비우고 갑판이나 어창에서 다른 일을 하기도 한다. 그게 위험할 것 같지만 어쩔 수 없는 상황이기도 하다.

그리고 사람들, 특히 한국 사람은 몇 명 되지 않기도 하고 배에서 특별히 놀 수 있는 공간도 없으므로 모두 심심하면 브리지로 올라와서 이런저런 대화도 나누고 휴식도 취한다. 어떻게 보면 한국 선원들은 같은 공간에서 노동하는 노동자이면서 친구이기도 하고, 벌어지는 사건을 함께 해결하는 공동체의 구성원이기도 하다. 오랫동안 배에서 생활하다 보면 다양한 사건이 발생하는데, 그러면 비록 적은 인원이지만 선원들끼리 최선을 다해서 해결한다.

3
바다 위의
노동

지금의 원양어업은 예전과는
당연히 다르다.
개척정신이나 한몫 잡겠다는
정신으로 원양어업 현장에서
일하는 사람은 거의 없다.

육지에서 생활하는 노동자들보다
훨씬 더 열악한 조건에서 일하고
있는 만큼
공동체의 입장에서 보더라도
획기적인 지원이 필요하다.

첫 투승

본격적인 어장에 도착하기 전 ‘N 5° 55′ 과 W 151° 42′’에서 드디어 첫 투승을 하였다. 이곳에서 시작한 조업은 ‘시험 조업’ 성격이 강하다. 총 선원 25명 중에서 투승할 선원 5명과 양승에서 각종 부문을 담당해야 할 선원을 시험 조업을 통해 정하고 어구의 상태도 점검해야 한다. 특히 모릿줄은 ‘3.5mm 데구스(mono filament)’로 되어 있는데 이른바 ‘질’을 잘 내야 한다. 신품(新品) ‘데구스’는 너무 뻣뻣하여 투승할 때 잘 꼬이기 때문이다.

투승할 때 모릿줄이 꼬이면 낚시도 아릿줄도 제대로 걸 수 없거니와 양승할 때도 그 꼬인 상태가 그대로 올라오기 때문에 그걸 풀려면 애를 먹는다. 실제로 첫 투승에서 ‘120바찌(basket)’를 투승하려고 했으나 모릿줄이 너무 많이 꼬이는 바람에 목표대로 투승하지 못하고 ‘100바찌’만 투승하였다. 투승기(line shooter) 속도도 점검하고 투승할 때 선미와 브리지의 호흡도 맞추어야 한다.

브리지에서 '투승오더'가 떨어지고 투승이 시작되면 팽팽한 긴장감이 돈다. 투승할 땐 다섯 명의 투승조 선원이 필요한데 미끼를 준비하는 사람, 정해진 순서대로 아릿줄과 브이를 준비하는 사람, 아릿줄의 낚시에 미끼를 끼우는 사람, 아릿줄을 투승기(投繩機)에서 튀어나오는 모릿줄에 거는 사람 그리고 미끼와 사려진 아릿줄을 풀면서 바다로 던지는 사람 등이다.

미끼를 던지는 방법에는 '투이기(미끼 던지는 기계)'를 사용하는 방법도 있고 손으로 아릿줄을 빙빙 돌리며 낚시와 미끼가 돌아가는 원심력을 이용해서 던지는 방법도 있다. 기계로 던지면 편하고 일정한 거리(간격)로 던질 수 있으나 원하는 지점으론 던지기가 어렵다. 손으로 던지면 원하는 지점에 던질 수는 있으나 간격이 일정하지 않을 수 있고 가끔 미끼가 낚시에서 이탈하는 경우도 있다. 아무튼 다섯 명이 완벽에 가까운 호흡을 맞추지 않으면 투승 작업이 제대로 되기 어렵다.

투승이나 양승 작업을 할 동안 내내 모릿줄 전체가 저장되어 있는 '라인 박스'에도 담당 선원이 있어야 한다. 아직 '질'이 잡히지 않은 모릿줄이 라인 박스에서 풀려 나올 때 '꼬임' 현상이 일어나기 쉽다. 꼬임이 심할 경우 모릿줄은 깨끗하게 일자로 풀려 나가지 않고 '뭉텅이'가 되어 버림으로써 투승기와 라인 박스의 통로가 막혀 버릴 수도 있고 뭉친 모릿줄 더미가 투승기에 걸려 투승을 더 이상 할 수 없게 되기도 한다. 모릿줄이 꼬이거나 투승이 제대로 되지 않는 긴급 상황('사고'라고 부른다)이 발생했을 때는 즉시 브리지에 연락하여 배를 멈추도록 해야 한다. 그때 브리지에선 엔진을 스톱하고 사고가 해결될 때까지 기다려야 한다.

'스풀(spool-실패)'이라는 기계가 있는 연승어선에는 '라인 박스'가 없어도 된다. 라인 박스에 쟁여야 할 모릿줄을 스풀의 드럼에 모두 감아 버리면 되기 때문이다. 하지만 스풀을 이용할 경우, 감는 속도와 힘 때문에 모릿줄이 터지는 사고가 종종 발생한다.

그냥 갑판 위에서 끊어지면 그 끝단을 붙잡아 다시 연결하면 되지만, 끝단이 바닷속으로 사라져 버리면 라인의 끝단을 찾지 못해 애를 먹는다. 그러면 하는 수 없이 브이를 찾아서 모릿줄을 올려야 하므로 시간이 꽤 걸리고, 그만큼 양승시간이 연장된다.

그게 야간이라면 더 큰 사고라고 할 수 있다. 라이트가 부착된 브이를 서치라이트를 밝혀서 찾아야 하고 찾더라도 거꾸로 양승해야 하는 경우가 생기기 때문이다. 왜냐하면 그게 양승하는 방향의 끝이 아니라 중간쯤일 수도 있으므로. 완전히 엉켜버린 모릿줄이 갑판으로 올라오면 그걸 풀어내는 데 또 많은 시간이 소비되는데, 야간에 이런 사고를 한 번 당하면 최소한 30분에서 1시간 정도가 소모된다. 가뜩이나 양승시간이 길어 쉴 시간이 짧은데 이런 사고를 당하면 선원들은 매우 지쳐 버린다.

라인 박스가 없고 스풀이 있는 배는 라인 박스를 담당하는 선원도 줄일 수 있다. 그리고 대부분의 라인 박스는 '연돌(굴뚝)'이 있는 후갑판에 있어서 매연이 심할 수도 있다. 그래서 무더운 날인데도 우에스 등으로 입을 가리거나 담당자를 자주 교대해 주어야 했다.

대체로 동부태평양어장의 경우 주로 사이즈가 큰 '빅아이(눈다랑어)'가 목표어종이기에 스풀을 사용하지 않는 경우가 많았고, 중서부 어장에서는 사이즈가 작은 '옐로우핀(황다랑어)'이 목표어종이기에 투 · 양망 속도가 빠른 스풀을 사용하였다.

바찌도 동부어장에선 17개 정도를 사용한다면 중서부 어장에서는 24개 정도를 사용하였다. 바찌 수가 많아지면 당연히 아릿줄 길이는 짧아진다. 그러면 갑판에서 일하는 선원들의 손놀림은 더 빨라져야 한다.

대체로 빅아이는 드문드문 어획되기 때문에 처리가 그

리 급하지 않은데, 옐로우핀 같은 경우 떼 고기가 잡히면 수십 마리씩 한꺼번에 처리해야 할 때가 있었다. 그때는 갑판장과 헷또 그리고 어획물 처리에 능숙한 다른 선원까지 모두 합세하여 일하곤 했다.

17개의 아릿줄과 그 낚시에 끼울 미끼의 종류나 순서는 브리지에서 투승 전에 미리 '화이트보드'에 적어서 알려준다. 그대로 투승하면 된다. 미끼는 활어를 사용하는 게 아니라서 미끼 담당 선원이 냉동된 미끼를 해동시켜 낚시에 미끼를 끼우는 선원에게 공급해 주어야 한다. 해동되는 시간이 있기 때문에 투승하기 2~3시간 전에 쓸 만큼의 미끼를 꺼내 놓아야 한다. 미끼 중에 일부는 가끔 주자(조리장)에게 선택되어 부식거리가 되기도 한다.

최고상품 눈다랑어

동부태평양어장에서 가격이 가장 좋은 어종은 '눈다랑어(Bigeye tuna)'이다. 눈다랑어는 처리를 하고 난 다음의 무게가 40kg 이상 되는 것을 '중심'이라고 부르며 최고상품으로 친다. 사실 동부태평양어장은 '눈다랑어'를 잡기 위한 어장이라고 해도 과언이 아니다. '눈다랑어' 가격이 가장 높기 때문이다. 그다음으로 '황다랑어(Yellowfin)'가 있고 '날개다랑어(Albcore)'와 '가다랑어(Skipjack)'가 있지만 '눈다랑어'에 비하면 가격이 훨씬 못 미친다. '눈다랑어'와 '황다랑어'는 '횟감'으로 이용되며 '날개다랑어'와 '가다랑어'는 통조림용으로 이용된다.

낚시로 잡는 '연승어업' 말고 그물로 잡는 다랑어 선망어업에서는 목표 어종이 '가다랑어'와 '날개다랑어'이며 연승어업과는 달리 '대량어획'을 하는 편이다. 일명 '건착망 어업'이라고 하는데 우리나라 연안에 그와 같은 방식의 '선망어업'이 있다. 그물을 이용하는 모든 어법이 그렇지만 낚시를 이용하는 어법에 비해 어획량이 많으므로 지금 원양어업계에서는 연승어업보다 '건착망 어업'에 더 큰 힘을 쏟고 있는 듯하다. 원양어업이 자본의 욕망에 의해 행해지는 만큼 자본의 입장에서 보면 그게 당연할 것이다. 실제로 건착망 어선은 새롭게 조선(造船)을 해도, 최근 연승어선을 새롭게 조선하는 경우는 없는 걸로 알고 있다.

그래서인지 우리나라의 연승어선이나 트롤어선은 대체로 선령이 수십 년에 이른다. 원양어선의 선령이 이렇게 오래되었다는 말은 안전에도 문제가 있다는 말이다. 우리 원양어선은 한국보다는 외국 항구로 입, 출항하는 경우가 많고 그때 우리나라를 상징하는 얼굴이 되기도 할 터인데, 선령이 너무 오래되어 기분이 썩 좋지 않을 때가 많았다. 국가에서 어차피 원양어업을 계속할 것이라면 대대적인 지원을 아끼지 않았으면 한다.

그리고 '새치류(bill fish)'가 있지만 숫자도 적을 뿐 아니라 주요 어종으로 취급되지도 않는다. 그래도 '황새치(swordfish)'는 상대적으로 많이 잡히는 편이다. 잡어로 취급되는 '기름치(Escolar)', '붉평치(Opah)', '삼치(Wahoo)' 등이 있지만 운반비도 되지 않는 가격을 형성하는 걸로 알고 있다. 회사에 따라 다르긴 하지만 이런 잡어들은 나중에 결산할 때 선원들 몫으로 두는 경우가 많았다. 그런 잡어들은 어창에 적재할 때도 귀하신 고급 어종의 '안전한' 적재를 위해 빈틈 사이에 끼워지거나 '깔개'로 활용되곤 한다.

앞으로 고기를 많이 잡게 해 달라는 의미로, 맨 처음 어획한 '눈다랑어'는 부식용으로 회를 떠서 보관하였다. 사이즈가 60kg 정도나 되어 1주일은 두고 먹을 수 있었다. 횟감은 꼭 완전한 게 아니어도 좋았다. 가끔 상어가 뜯어먹다 남은 것이 올라오기도 하는데 먹다 남은 부위 중에서 온전한 부분을 도려내어 선원들 부식으로 사용하였다. 그리고 '특수부위'라고 해서 아가미 안쪽 근육질 부분과 꼬리 부위의 살을 먹기도 하였다. 눈다랑어와 황다랑어를 처리할 때 아가미와 꼬리는 제거하므로 이 부위는 오직 배에서만 먹을 수 있는데 '육회(肉膾)' 같은 맛이 났다.

반면 상어가 아니라 '샤치(범고래)'가 먹은 다랑어는 선원들이 먹을 게 없다. 영리한 '샤치'가 아가미 부위까지 깨끗하게 먹어 치우기 때문이다. 그러면서도 낚시에는 걸리지 않으니 연승어선에선 '샤치'에 대한 공포증까지 있다. '샤치'가 설치면 낚시에 걸린 다랑어를 모두 잃어버릴 수도 있다. 하지만 간혹 '샤치' 떼로 인해 다랑어들이 도망가다가 낚시에 걸리기도 해서 생각지도 못했던 '대어(大漁)'

를 할 때도 있었다. '샤치'는 이빨고래로서 육식성이고 바다에 사는 '사자'와 같은 존재라고 생각하면 되겠다.

범고래 떼와 두뇌 싸움

피습당해서 올라오는 어획물도 그 상태가 다양한데, 어획물이 다른 어종에 의해 공격당하는(실제로는 뜯어 먹히는) 걸 '피식(被食)'이라고 한다.

샤치(しゃち, 범고래) 떼는 사냥을 하는 '이빨고래'이며 육지의 사자에 해당하는 생태적 지위를 갖고 있다. 호랑이와 비유하지 않는 것은 그들이 가족 단위로 공동체 생활을 하기 때문이다. 머리가 아주 영리해서 낚시에 걸린 어획물을 먹어 치울 때도 낚싯바늘에 걸리는 경우는 거의 없다. 아주 미숙한 새끼들이 정말 드물게 걸리는 것을 제외하고는.

뱃사람마다 반응이 다르겠지만 샤치 떼가 나타나면 그날 어획은 완전히 망친 것으로 생각하고 아주 미쳐 버릴 정도로 흥분하는 사람도 있다. 아마도 샤치 떼에 의한 '피식'을 당해 본 경험이 있는 사람일 것이다. 하지만 샤치는 바다 생태계에서 아주 자연스러운 존재이고 그들이 생존을 위해 다른 바다 생물을 공격하는 것 역시 자연스러운 일이다.

샤치는 몇 가지 점에서 연승어선을 괴롭힌(?)다. 하나는 낚시에 걸린 어획물을 머리만 남기고 다 뜯어 먹어 치운다는 점이고 또 다른 하나는 샤치 떼가 등장함으로써 미끼를 물어야 할 어획물들을 다 쫓아 버린다는 점이다. 그리고 얄밉게도 미끼를 미리 다 따먹어 버린다. 그렇게 되면 빈 낚시에 어획물이 걸리지 않는 것은 당연하다. 그들이 낚시에 걸린 어획물을 먹어 치우는 것은 매우 정확하며 심지어 치열하기조차 하다. 머리 가까이에 낚시가 있는 걸 어떻게 알고 그렇게 먹어 치울 수가 있단 말인가.

하지만 간혹 샤치가 오히려 고기를 몰고 올 때도 있다. 샤치 떼가 등장하면 낚시와 멀리 떨어져 있던 고기들이 샤치를 피해 달아나다가 그 와중에 낚시에 걸린 미끼를 발견하고 물 수도 있다는 말이다. 연승어선 몇 척이 함께 조업하는데, 샤치 떼 때문에 어획이 한 마리도 없는 어선이 있는가 하면, 옆에서 조업하던 배는 의외로 많은 어획을 하는 경우도 있었는데 그게 바로 그런 현상이었다. 하지만 이런 이유로 대어를 하는 것은 운이 작용했을 뿐이지, 그것을 자신이 알고 조절할 수는 없다. 그래서 대체로 뱃사람들은 샤치 떼를 좋아하지 않는다.

뱃사람들이 샤치 떼를 직접 공격할 수 있는 무기나 방법은 없다. 제발 자신의 배에는 접근하지 말아 주었으면 하고 바랄 뿐이다. 샤치와 뱃사람들은 '두뇌 싸움'을 벌이는데 그게 바로 앞에서 설명한 '공 바찌(바스켓)'과 '모릿줄 절단'이다. 혹시 모를 샤치 피습을 대비해서 샤치를 속여 보자는 것이다. 또 한 가지는 샤치가 싫어하는 소리(일종의 초음파)를 내서 샤치의 접근을 원천적으로 막는 방법인데 그 효과는 미지수다. 일명 이 '샤치 퇴치기'는 낚시가 달린 아릿줄에 부착하는데 나는 그걸 한 번도 보지 못했다.

현대 어법이 첨단으로 발달했다곤 하지만 그래도 물속에서 일어나는 일을 어찌 다 알 수 있으랴. 미지의 영역이 아직 많이 남아 있다. 사실 현대 어법은 근대 기계문명을 그대로 복사해 놓은 '아바타' 같다는 생각이 든다. 온갖 첨단 장비를 동원해서 바다 생태계를 분석하고 그 데이터를 토대로 어업을 하니까 말이다. 하지만 놓치는 것도 많다. 이를테면 그 방법이 분석적일 뿐 통합적이지는 않고 그런 행위 뒤에 벌어질 후유증 같은 건 별로 생각하지 않는다는 점이다. 분석적 방법만이 합리적이라 생각하지만 바다를 비롯한 자연은 분석적이 아니라 오히려 '통합적'이다. 사실 자연은 분석이 안 된다고 해야 할 것이다. 통합적으로 자연과 바다를 바라보는 새로운 관점을 세워야 한다. 그게 진정으로 바다를 아는 것이고 우리에게도 유익한 그 무엇이 될 것이다.

연승어선에서는 '샤치'에 대해 신경을 많이 쓴다. 그래서 투승 단계부터 '샤치'를 피하기 위한 방편을 마련한다. 그 중 하나가 모릿줄을 끊는 방법이다. 만약 '130바찌'를 투승하려고 한다면 '60바찌'를 투승하고 모릿줄을 절단하여 '라디오 브이'를 던진다. 1단계 투승이 끝난 것이다. 그리고 몇 마일 이동하여 나머지 '70바찌'를 투승한다. 일명 '절단'이라고 하는 방법인데, 혹시 모를 '샤치' 떼의 피식을 대비해서 '샤치'를 속이는 것이다. '샤치'가 낚시에 걸린 어획물을 발견하고 뜯어 먹다가 모릿줄이 절단되어 있으면 더 이상 낚시에 걸린 어획물이 없다 생각하고 있는 것만 먹고 가 버릴 거라는 전제하에서 실행하는 방법이다.

두 번째는 '공(空) 바찌'라고 해서 모릿줄 절단은 하지 않은 채 일정한 '바찌'만큼 아릿줄을 달지 않는 방법이다. 보통 '130바찌'를 투승하면 중간에 '3바찌' 정도를 '공 바찌'로 만든다. 그러니까 모릿줄 총 길이는 '133바찌'가 되는 셈이지만 중간의 3바찌는 아릿줄도 없고 당연히 낚시와 미끼도 없는 '바찌'를 만드는 것이다. 이것 역시 '절단'과 같은 효과를 노린다. '샤치' 떼가 미끼를 피식하다가 더 이상 아릿줄과 낚시가 없는 곳을 보고 이젠 끝났다고 생각하고 떠난다는 가정이다.

부차적인 방법으로 꺾기가 있는데 이것은 반드시 샤치 때문에 쓰는 것은 아니다. 꺾기는 투승 코스를 확 꺾어 버리는 방법이다. 예를 들어 90도로 투승하다가 180도로 꺾는다든지 하는데, 일정한 범위에 어군이 있을 거라고 예상될 때 사용하는 투승법이다.

절단에 비해 '공 바찌'는 양승할 때 훨씬 수월하다. 왜냐하면 절단은 모릿줄을 완전히 절단하는 것이므로 두 그룹으로 모릿줄을 나누어 놓는 거나 마찬가지여서 따로따로 '라디오 브이'를 부착하고 그걸 양승 중에 찾아서 건져야 하기 때문이다. 간혹 칠흑 같은 밤에 '라디오 브이'를 찾지 못해 애를 먹을 때를 생각하면 '공 바찌'가 훨씬 나은 것 같지만 '샤치'를 속이기 위한 것이라면 '공 바찌'보다는 '절단'이 더 효과적이리라.

그리고 '샤치' 때문에 의도적으로 절단한 것이 아니라도 양승 중에 모릿줄이 끊어지는 경우가 있는데 이것도 '절단'이라고 한다. 다만 이때는 모릿줄 중간에 라디오 브이가 부착되어 있을 리가 없으므로 절단된 모릿줄 끝자락을 찾는 게 쉬운 일이 아니다. 다행히 근처에 모릿줄 끝단이 있으면 모르겠으나 모릿줄이 끊어지면서 해류에 흘러가 버렸을 경우엔 '톱 브리지'에 있는 '서치라이트'를 켜고 한동안 잃어버린 모릿줄 끝단을 찾는 데 많은 시간을 소비할 수 있다. 이때 근처에 모릿줄 끝단은 아니지만 모릿줄의 일부라도 건질 수 있다면 역방향으로 양승하기도 한다. 아무튼 양승을 하다가 '절단'이라는 사고가 나면 대개는 1시간 정도가 소요된다. 그렇게 되면 양승을 모두 마쳐야 작업이 끝나는 '양승조 선원'들은 그만큼 노동 시간이 연장된다. 이는 누구도 원치 않은 상황이라고 해야 할 것이다.

'샤치'는 연승어선의 어획을 방해하는 중요한 요소다. 사람마다 '샤치'에 대한 반응은 다른데 매우 신경질적인 사람, 거의 신경 쓰지 않는 사람, 역으로 '샤치' 떼를 이용해서 교묘한(?) 방법으로 투승하여 어획을 더 좋게 하는 사람도 있었다.

샤치 떼가 확실하게 어획물을 피식하고 있다고 판단되면 양승을 중단하고 몇 바찌를 건너뛰어서 양승하기도 한다. 원래대로 양승하면 양승 속도가 샤치의 피식 속도를 따라잡지 못하기에 몇 바찌는 그냥 샤치에게 희생당할 생각을 하고, 배를 빠르게 몰아서 샤치가 피식하지 않은 바찌를 양승하는 것이다.

파도를 피하는 방법

경사계(clinometer)가 거의 40°나 기울어져 버렸다. 우리가 흔히 말하는 태풍(颱風)이나 허리케인 등은 모두 '저기압' 이다. 공기는 기압이 높은 곳에서 낮은 곳으로 흐르기에 저기압이 형성된 지역에선 빠른 공기의 흐름이 있고 그게 우리가 느끼는 태풍이다.

배는 바다 위에서 늘 흔들리는데 선수와 선미 방향으로 흔들리는 것을 '피칭(piching)', 좌우로 흔들리는 것을 '롤링(rolling)'이라고 한다. 큰 파도를 만나는 게 아니라면 피칭은 사람을 그렇게 괴롭히지는 않는다. 마치 놀이기구 '바이킹'을 낮은 강도로 타는 느낌이다. 그래서 실제로 대양(大洋)에서 태풍을 만났을 때, 'heave to(선수 방향, 즉 heading만 유지할 수 있을 정도로 속력을 낮추며 앞바람과 파도로 버티는 피항법)'라는 피항법이 있다. 최대한 롤링을 적게 하면서 오로지 피칭으로만 버텨보는 것이다. 하지만 피칭이 너무 심하면 배가 선수, 선미로 두 동강이 나 버릴 가능성도 있다. 오래된 배일수록 그럴 위험성이 높은데 전문 용어로는 '호깅(hogging)', '새깅(sagging)' 현상이라고 한다. 배가 파도의 마루(가장 높은 곳)에 걸렸을 때 생길 수 있다. 선령(船齡)이 오래된 배는 장력이 많이 받는 곳으로 휨 현상이 발생하는데 그 휨이 한계를 넘어 버리면 마치 나무토막 부러지듯 배가 두 동강으로 부러진다.

그런 현상은 아닐지라도 배가 파도를 타고 넘다가 파도 밑으로 떨어지면 아주 강력한 충격을 받는다. 배 전체가 마치 계단으로 처박히며 내려가듯 크게 떨린다. 무엇을 잡지 않고서는 사람이 서 있지도 못할 정도가 된다. 그 순간 선수에 부딪힌 파도가 브리지(船橋, bridge)를 강타하거나 심지어 브리지를 넘어갈 때도 있다. '북태평양어장'의 겨울은 적어도 일주일에 한 번 이상은 그런 저기압이 바다를 지배했었다. 저기압에 관한 정보를 기상도를 통해 분석하다가 저기압의 영향이 어장을 지배하기 시작하면 조업을 중단하고 모두 '피항(避海, 피난항해)'할 채비를 갖춘다. 그땐 갑판의 모든 것을 고박(固泊)하고 'heave to' 피항법으로 저기압이 지나가기만을 기다리면서 거친 파도 위에서 버틴다.

실제로 뱃사람들을 괴롭히는 것은 피칭보다는 '롤링'이

다. 앞에서 말했듯이 롤링은 좌우로 넘어가는 것인데 40° 이상 넘어가면 정말 위험하게 느껴진다. 물론 40° 정도로 배가 전복되지는 않지만 그 정도가 되면 세상이 뒤집어지는 것 같은 느낌이 든다. 식탁에 차려 놓은 음식은 물론 의자와 냉장고, TV 같은 게 넘어간다. 사람도 당연히 무언가를 잡고 있어야 한다. 심지어 무언가를 잡고 있어도 한쪽으로 쏠리면서 구석으로 처박혀 버릴 가능성이 높다. 그래서 배에선 움직일 만한 것들은 모두 노끈이나 고무줄 등으로 미리 고박시켜 둔다.

이럴 때는 항해를 포기하고 피항을 해야 한다. 앞바람과 파도를 받으면서 배의 속력을 줄이고 저기압이 지나가기를 기다려야 한다. 이때 피항하지 않고 항해 욕심을 부리다가는 배가 정말 위험해질 수도 있다. '남궁호'도 선원거주 구역에서 온갖 것들이 넘어져 죽겠다고 아우성을 치자 피항을 택했다. 많은 선원이 복도 구석구석에 쓰려져 '뱃멀미'를 호소하고 있었다.

선원들의 휴일

항구에서 출항한 배는 목적지까지 쉬지 않고 달린다. 연승어선도 출항하면 쉬는 날이 없다. 어장에 갈 때까지도 그렇고 어장에 도착해서도 그렇다. 할 일이 끝없이 기다리고 있다. 바다에서 공휴일 개념은 없다. 동부태평양어장은 호수처럼 잔잔한 날도 드물지만, 조업이 불가능할 정도로 나쁜 날도 잘 없다. 그러므로 피항을 기대할 순 없었다. 하긴 피항은 기상이 험악해서 이루어지는 것인데 그걸 기대할 리는 없을 것이다.

북태평양이나 포클랜드 어장 선원들은 피항을 기다리기도 한다. 피항을 해야 쉴 수 있으므로. 그래서 가끔 갑판이나 처리실로 내려가면 선원들이 기상에 대해 묻는다. 대부분 피항할 정도의 나쁜(?) 날씨를 기대하는 것이다. 포클랜드 어장의 경우 파고가 5미터 이상이면 피항을 하는 경우가 많은데, 쉬더라도 파고가 7미터 혹은 10미터가 되는 기상은 원하지 않을 것이다. 사실 파도의 높이도 그렇지만 바람의 세기가 더 중요하다. 브리지에서는 물론 갑판에서 강풍을 맞거나, 큰 파도에 한번 호되게 당하면 위험도 위험이지만 마음이 서글퍼진다. 실제로 나는 바다에서 큰 파도와 바람을 만날 때마다 집 생각이 나고 식구가 그리워지는 걸 느꼈다. 간혹 기관이나 인명사고가 나기도 하지만 그것 역시 쉰다고는 할 수 없다. 그렇게 쉬는 것은 즐거울 리가 없기 때문이다.

태평양 연승어선에서 쉴 수 있는 날은 오직 어획이 저조하여 '어장 이동'을 하는 경우뿐이다. 연승어선은 트롤어선과 달리 어장이 광범위하므로 '어장 이동'을 아주 길게 하는 경우가 있다. 하루 이틀 정도가 대부분이지만 일주일 정도 할 때도 있고, 1980년대엔 대양(ocean) 사이를 이동하면 한 달 이상 할 때도 있었다고 한다.

연승어선에서는 '어장 이동'을 '적수(適水)'라고 하는데, '적수'는 일본식 용어로 '적절한 수온'을 찾아간다는 의미이다. 매우 적절한 표현이라는 생각이 들었다. 저층어종도 마찬가지겠지만 중층어종의 서식 조건은 '수온'과 깊은 관련이 있다. 그래서 연승어선에선 수온이 매우 중요하다. 수온계도 그냥 수온계가 아니라 특별한 수온계(편차경보온도기록계)를 사용한다. 때론 표층수온뿐만 아니라 특정 수심의 수온을 측정하기 위한 수온계를 사용하기도 한다.

하지만 그런 깊은 뜻과는 상관없이 '적수'하는 날은 선원들이 쉬는 날이다. 부족했던 잠도 푹 자고 밀렸던 빨래도 한다.

때론 특식으로 '술'이 나오기도 한다. 예전에 모두가 한국 선원일 때도 그랬지만 배에서 '술'은 대체로 통제되는 편이다. 술주정을 하거나 싸우거나 바다로 추락하는 사고 등이 일어날 수 있기 때문이다. 그런 사고는 술을 많이 마시면 누구에게나 일어날 수 있다. 그래서 술에 대한 통제는 모든 선원에게 동등하게 적용되어야 하는데, '하급선원'들에게만 적용되어 오히려 문제가 된 적이 있다.

하급선원이 동남아 외국인 선원들로 바뀌면서 '술'에 대한 통제는 더 심해졌다. 외국인 선원들에게는 출항할 때 자신의 돈으로 구입한 술(그것도 몰래 감추어 둔) 이외에 공식적으로 지급되는 술이 아주 적었다. 고사 지낼 때, 혹은 대어(大漁)하였다고 판단될 때 공평하게 조금씩(맥주 한 캔 정도) 분배되는 것 정도여서 그들이 술을 마시고 취하는 경우는 거의 없다고 봐야 한다. 오히려 언제든지 술에 접근할 수 있는 상급 직급의 선원들이 술 먹고 사고를 일으킬 위험성이 더 컸다. 하지만 어선에서 그런 문제를 제기할 사람은 없었다.

술도 음식 중 하나라고 보면 사고가 나지 않을 정도로 공평하게 나누어줄 필요가 있다. 누구는 언제든지 접근하여 취하도록 마실 수 있고, 누구는 마시고 싶어 미칠 정도가 되어도 마시지 못하는 건 불공평을 넘어 '사고의 에너지'를 축적시키는 일이다. 마시지 못하게 해서 참고 있다가 한 번 술이 들어가면 많이 마시려고 하고, 그러다가 사고가 터진다.

사실 그것은 술 때문에 일어난 사고라고 할 수 없다. 불공평에 대한 불만이 누적된 '폭발 에너지' 같은 것이라고 해야 한다. 모든 사고는 그 사고가 뿌리 내리고 있는 바탕이 있다. 이에 대한 인식이 먼저 있어야 하고, 그 기본이 흔들리지 않도록 해야 하는 것 아닐까. 그런데도 표면적으로 보이는 술 때문에 일어난 사고라고 판단하고 술을 금지하는 경우가 허다하다.

한국 사람들은 술이 질서나 도덕률을 파괴하는 '원인균'이라고 생각하는 것 같다. 자신에게 허락된 시간이나 공간에서 술을 마시는 꼴을 보지 못하는 것은 물론, 그걸 전체의 질서를 깨뜨리는 하나의 도전행위로 본다. 원양어선에서는 특히 그러하다. 예전에도 술은 통제되었으며, 어떤 때는 마치 높은 사람의 하사품처럼 창고에서 풀려 나왔다. 허락 없이 그 창고를 열어 술을 마시기라도 하면 마치 '반역죄인'이나 되는 것처럼 취급하여 강제하선이나 강제귀국을 시키기도 하였다. 술이 인간을 나태하게 만들고 타락시킨다고 생각한 것이다.

하지만 술 역시 누가 마시느냐에 따라 그 관점은 달라졌다. 가령 선장은 자신이 마시고 싶은 때 어디에서나 마음대로 마시면서 다른 하급선원들 특히 외국인 선원들은 그렇게 하지 못하게 하는 것은 엄밀하게 말해서 '차별'이다. 실제로 술을 마시고 취해서 사고를 치는 사람은 술을 마음대로 먹을 수 있는 사람들인데도 말이다.

말이 나온 김에 하자면, 현재 원양어선원들의 부식비는 1인당 하루에 10,000원 정도이다. 그 부담은 전액 선사에서 한다. 가령 선원이 50명이면 그 배의 하루 부식비는 50만 원이다. 그걸 월별로 계산해서 발주하면 회사에서 그에 맞게 부식을 실어 준다.

하지만 그중 몇 가지 품목, 가령 술(이것은 공식적으로 실어 주지 않는 품목이기도 하지만), 생수, 그리고 좀 고급스럽다고 여겨지는 품목은 공평하게 나누지 않고 대부분 사관들만 먹는다. 인당 부식비는 같은데 먹는 품목은 다르다.

가령 생수의 경우, 외국인 선원은 생수를 마시지 못하고 식당에서 정수기 물을 받아 먹는다. 그런데 그 물은 정상적인 물이 아니라 '조수기'가 만든 아무런 영양가가 없는 물이다. 이 물로 작물을 키울 경우 시들시들하거나 심지어 죽기도 한다. 그런 물을 외국인 선원들은 계약기간 내내 계속해서 마셔야 하는 것이다. 바라건대 생수만큼은 좀 실어서 한국, 외국인 선원 할 것 없이 모두 마실 수 있었으면 좋겠다. 다행히 생수를 전 선원들이 마실 수 있도록 하는 회사도 있다고 들었다.

선원의 월급

트롤어선에서는 양망(그물을 올리는 것)과 어획물 처리가 분리된 공간에서 이루어지지만 연승어선에선 갑판에서 모든 작업을 다 한다. 처리실이라고 하는 공간이 따로 없기 때문이다. 그래서 한쪽에선 모릿줄(메인라인)을 감고 아릿줄을 정리하지만 한쪽에서 올라온 어획물을 처리한다. 양승에서 가장 먼저 해야 할 작업은 '초기(初期)'를 찾고 또 잡는 것이다. '초기'란 '라디오 브이'가 연결된 맨 첫 번째나 마지막 '바찌(바스켓)'를 말한다.

양승에는 두 가지 방법이 있는데, 투승이 끝나고 그 근처에서 엔진을 완전히 끈 채(finish engine) 기다렸다가(배를 표류시켜 두었다가) 투승의 마지막 '바찌'부터 양승하는 '정(正)투승'이 있고 그와는 반대로 투승이 끝나고 맨 처음 투승한 '바찌'가 있는 곳으로 항해를 해서 양승하는 '되돎'이 있다. '정투승'을 하면 이론적으론 투승을 시작한 지점과 양승이 끝난 지점이 같게 된다. 그러므로 양승을 마치고 다음 투승도 대체로 그 근처에서 해야 하는 경우가 많다. 물론 투승할 때는 주위에서 함께 조업하는 다른 어선과 협의하여 조금씩은 '이동(이것은 적수라고 하진 않는다)'하는 게 보통이다. '되돎'은 투승 시작 지점에서 양승이 시작되므로 투승이 끝난 지점과 양승이 끝난 지점이 같게 된다.

'적수(어장이동)'를 하고 싶은데 그냥 항해를 하면 시간이 아까우니까 가고 싶은 방향으로 투승을 하고 '되돎' 방식을 택하면 투승이 끝난 지점에서 양승도 끝나므로 이동거리가 짧아져 한결 수월하다. 그래서 '되돎' 방식을 택하는 경우가 대부분이다.

하지만 투승이 끝나고 처음 투승한 지점으로 가려면 연료를 소비하면서 항해를 해야 하는 문제가 있다. '보합선'인 원양연승어선에서 '경비'는 중요한 문제다. 원양연승어선의 '주기관(主機關)'은 대체로 1,200마력 정도로 그리 큰 엔진도 아니고 연료의 소모량이 높은 것도 아니지만, 트롤어선과 달리 어획량 자체가 그리 많지 않기에 모든 부분에서 '절약'해야 하는 과제를 안고 있다. 절약의 중요한 항목 중 하나가 '연료'다. 요즈음 '기름값'이 그리 높지 않아 좀 덜한 편이라곤 하지만 몇 년 전 '기름값'이 하늘 높은 줄 모르고 올랐을 때는 '연승어선'의 어획으론 수지 타산을 맞추기가 매우 어려웠다고 한다.

그러므로 이런저런 상황을 고려한 뒤 연승어선의 70~80%가 '정투승'을 하는 편이다. 그리고 '엔화'의 환율변화에 대체로 민감한 편이다. 왜냐하면 아직까지는 다랑어가 일본에서 많이 소비되기 때문이다

'보합(保合)제' 방식의 임금은 '월급제'와는 달리 일단 '기본 생계비'만 지급하고 나머지는 계약이 끝난 후 총어획량과 어선에서 사용한 경비(조업에 필요한 경비) 등을 비교하여 그 차액을 선원들에게 차등 지급하는 방식이다. 이때 모든 면에서 정보력이 부족한 선원들은 불리한 조건에서 불이익을 당할 가능성이 높다. 어획물 가격이 특정 시기에 어떻게 적용되는지도 알기가 쉽지 않을뿐더러 사용한 경비 내역도 정확하게 알기 어렵기 때문이다. 하여 결산할 때 회사와 선원들 간에 극단적인 대치상황이 벌어지기도 한다. 요즈음은 표면상 그런 상황이 많이 줄어든 편이지만 근본적인 문제는 늘 있다고 보아야 할 것이다.

더 중요한 것은 수익의 분배 비율이다. 내가 알기론 대략 회사와 선원들의 분배 비율이 7:3 정도 되는데 이는 선원들에게 불리한 비율이라고 생각한다. 5:5 정도로 바뀌어야 하며, 그 과정에서 회사에 손실이 크다면 국가에서 보전해 주는 방안이 검토되어야 할 것이다. 수익분배 구조뿐

아니라 여러 가지 조건도 변화되어야 한다고 생각하는데, 그중 하나가 원양어업 종사자들의 수입 증대를 위해 그 조건이 되는 사항을 획기적으로 개선하는 문제다. 어선원들의 수입 측면에서는 보합제보다 월급제가 좋다고 여겨지는데 수산회사의 사정을 고려하면 만만치 않은 일이다. 그러므로 원양어업도 농업과 같이 국가 차원의 지원을 대폭 확대해야 한다. '임금'뿐 아니라 실질적으로 선원과 수산업에 도움이 될 수 있는 여러 가지 간접적인 환경도 포함해서 말이다.

당연히 원양수산회사에 대한 지원도 있어야 한다. 대부분의 원양수산회사는 여러 가지 관점에서 작은 회사들이다. 원양어선들 또한 대부분 '노후 단계'에 들어선 지가 오래되었다. 바다에서 매우 위험한 요인 중 하나가 '선박 노령화'이다. 요즈음 같은 상황에서 이 문제는 수산회사 혼자서 감당할 수 있는 사안이 아니다. 강력한 국가의 지원이 있어야 원양어업이 그나마 유지될 수 있겠다는 생각이 드는 것은 이미 원양어업의 강자로 떠오른 중국 때문이다. 중국은 다양한 국가 지원이 있다. 하여 어장에서도 우리나라 어선보다 훨씬 유리한 위치에서 조업하고, 그 결과 어획 생산성도 높다. 물론 중국의 관점과 우리의 관점은 다를 것이다. 하지만 대부분 영세한 원양어업회사들과 그곳에서 일하는 선원 노동자들, 특히 외국인선원 노동자들의 열악한 노동환경을 생각하면 국가적 차원의 지원이 시급하다.

지금의 원양어업은 예전과는 당연히 다르다. 개척정신이나 한몫 잡겠다는 정신으로 원양어업을 영위하거나 그 현장에서 일하는 사람은 거의 없다. 선원들은 육지에서 생활하는 노동자들보다 훨씬 더 열악한 조건에서 일하고 있는 만큼, 공동체의 입장에서 보더라도 획기적인 지원이 필요하다. 수익뿐 아니라 안전과 관련된 선박 노령화 문제 그리고 복지와 관련된 의료지원과 적절한 휴가제도, 시간외 수당 등의 문제가 시급히 해결되어야 한다.

어장에서 어획물로 어창을 채워 운반선으로 넘기는 걸 '전재'라고 하는데, 어선은 주변에 있는 항구로 들어가서 전재하는 것을 권장하고 있고, 어선 측에서 그걸 요구할 때는 회사에서 거부할 수 없도록 되어 있다. 하지만 실제로 어선에서는 자신들에게 불이익이 돌아올까 봐 입항전재를 요구하는 경우는 거의 없는 걸로 알고 있다. 입항전재는 마치 '남성 육아휴가 제도'와 비슷한 경우라고 보면 되겠다. 따라서 입항전재는 '권장'이 아니라 '의무' 규정이 되어야 한다. 그래야 오랜 바다 생활로 지친 선원들이 잠시나마 주변 항구에 입항해서 휴식을 취할 수가 있다.

유류 수급을 받는 것도 마찬가지다. 모두 입항해서 받을 수 있도록 해야 한다. 바다에서 유류 수급을 받다가 사고가 나면 해결이 거의 불가능하다. 하지만 항구에서라면 여러 가지 장비가 쉽게 동원되고, 비상조치도 쉽게 이루어질 수 있다. 더불어 입항은 어선원들의 건강 검진 기회가 될 수도 있어 바다 위에서 비상사태가 발생하는 사고를 미연에 예방하는 효과도 있을 것이다. 오랫동안 바다 위에서 조업해야 하는 것은 원양어업의 특성상 어쩔 수 없는 일이라 하더라도, 일정한 간격을 두고 입항하도록 하는 것은 안전을 위해서나 조업을 위한 에너지를 충전한다는 의미에서나 긍정적인 작용을 할 수 있을 거라는 생각이 든다.

어획물을 올리는 작업

어획물이 낚시에 걸린 것을 가장 먼저 아는 곳은 브리지다. 먼 곳에서 감겨 올라오는 모릿줄과 아릿줄을 훤하게 볼 수 있기 때문이다. 어획물이 걸리면 아릿줄에 장력이 생기고 그 장력이 모릿줄에 전해져 모릿줄이 어획물 쪽으로 약간 당겨진다. 물론 아릿줄이 꼬여서 생기는 장력일 수도 있지만 가장 먼저 알 수 있는 브리지 당직자가 부저를 울려 그 상황을 갑판에 알려 준다. 모릿줄에서 아릿줄을 벗겨 아릿줄을 담당하는 선원에게 넘겨주면 장력을 확인하면서 조심스럽게 아릿줄을 당기게 되는 것이다.

장력이 강하다 싶으면 아릿줄을 '튜나 풀러(tuna puller)'에 연결해 서서히 감는다. 그리곤 어획물이 육안으로 보이기 시작하면 여러 명의 선원이 오른쪽 현문(舷門) 쪽에서 올린다. 어획물(대략 5kg 미만)이 작으면 그냥 아릿줄을 당겨 올리지만 큰 것이면 무조건 '학가'로 찍어 올린다. '학가'는 대나무 끝에 한 가닥짜리 쇠갈고리를 부착시켜 만든 것이다. 학가로도 올리기 어려운 것은 '미사일'이라고 하는 속구를 아릿줄에 끼워 물속으로 내린다. 미사일은 쇠갈고리 네 개가 연결된 것인데 마치 사람 손(가락)처럼 생겼다. 그게 아릿줄을 타고 물속으로 내려가서 어획물의 주둥이를 꽉 잡는(찍는)다. 그리고 여러 명이 달려들어 미사일에 연결된 줄(굵은 끈)을 잡아당기면서 수면으로 뜨면 동시에 '학가'로도 어획물을 찍어 올린다.

대형 어종일 경우 '유압 호이스트'를 사용할 때도 있지만 극히 드문 일이다. 300kg 정도는 모두 미사일과 학가의 '연합'으로 어획물을 올릴 수 있다. 이때 주의해야 할 점이 있다면 머리 부분은 찍어도 되는데 몸통 부분을 찍어서는 안 된다는 것이다. 그래서 '학가'는 숙련된 선원이 잡아야 한다. 머리 부분만으로 안 될 때는 꼬리 부분을 보조수단으로 찍기도 하는데 역시 숙련된 기술이 필요하다.

양승작업 중에서 가장 중요한 게 어획물을 갑판으로 올리는 일이다. 그러므로 '학가'질을 아주 잘해야 한다. 가끔 이걸 잘못하여 어획물을 놓치는 경우도 있는데 짧은 시간에 '학가'로 정확하게 머리 부분을 찍어야 한다. 어획물이 팔팔하게 살아 있고 너무 힘이 좋아 아릿줄 하단이 끊어져버리거나, 어획물이 요동을 치면서 배 밑으로 들어가 버려 배의 외판에 아릿줄 하단이 쓸려 끊어질 때도 있다. 그러므로 어획물이 물의 표면에 떴을 때 정확한 '학가'질은 매우 중요하다.

양승할 때 또 하나의 문제는 모릿줄과 아릿줄의 꼬임이다. 너무 심하게 엉켜 양승작업을 방해할 정도가 되면 '해당 부분'을 절단해서 천천히 그 부분만 풀어야 한다. 갑판에서 양승으로 수거된 모릿줄은 선미의 상갑판에 있는 '라인 박스'라고 불리는 공간에 차곡차곡 수거되는데, 이 꼬임이 너무 심하면 정리할 수 있는 부분을 절단하여 잇는다. 그리고 나머지 부분은 어쩔 수 없이 포기한다. 그래서 모릿줄도 아릿줄처럼 조업을 하면 할수록 소비가 되는 것이다.

일명 '기스'라고 해서 모릿줄에 흠집이 생기면 눈에 보이는 즉시 흠집을 중심으로 일정한 길이를 잘라낸다. 흠집 부분에 장력이 가해지면 '절단'될 가능성이 높기 때문이다. 모릿줄 연결은 '절단'이라는 긴급한 상황에서 이루어지는 경우가 많은데, 숙달된 선원들에 의해 매우 빠른 시간(3초 정도)에 이루어진다. 모릿줄을 잇고 난 다음 이어진 부분이 양쪽으로 당기면 당길수록 서로를 옥죄게 하는 방식이다. 모릿줄 전체를 교환했을 경우에는 '질을 내기' 위해(좀 더 부드러워지라고) 모릿줄에 세제를 발라 주기도 한다.

아랫줄 정리

양승은 ‘초기’를 잡는 것에서 시작되지만 모릿줄(주낙, main line)을 감아 들이는 것도 아주 중요한 일이다. 양승기(line hauler)로 감겨 올라오는 모릿줄은 컨베이어를 타고, PVC관(管)을 관통하여 선미 상갑판에 있는 또 다른 양승기에 의해 감기면서 최종적으론 ‘라인 박스’에 차곡차곡 수거된다. 이때 모릿줄이 잘 수거되어야만 다음 날 투승할 때 애를 먹지 않는다. 쌓인 모릿줄의 표면에 마찰이 생겨 서로 엉키는 걸 방지하기 위해 쟁여 놓은 모릿줄 더미에 물을 뿌려 주기도 한다. 모릿줄은 아릿줄에 비해 굵은 편(3.5mm)이지만 심하게 손상을 입은 부분은 잘라내고 다시 잇는다.

다음으로 중요한 일은 아릿줄 정리다. 아릿줄은 대략 서너 종류가 있는데 둥글게 사린 후 종류별로 플라스틱 박스에 모아 컨베이어에 실어 투승 장소인 선미로 보낸다.

이때 모아 놓은 브이도 함께 보낸다. 모릿줄과 마찬가지로 아릿줄도 꼬이거나 손상을 입을 수 있는데 손상된 정도에 따라 교체해 주거나 교정(굽은 것을 펴주는 작업)을 해 주어야 한다. 손상된 마디는 새것으로 교환하고, 교정은 '스팀(steam)'을 이용한다.

모릿줄과 아릿줄은 모두 재질이 '비닐(vinyl)' 계통이므로 구부러져 있으면 열을 가하여 펴 주는데, 금속관 속에 뜨거운 열이 나오도록 하여 그곳에 '라인'을 일정 시간 동안 넣어 이리저리 움직이면서 펴 준다. 낚시가 달린 아릿줄 끝마디는 손상된 것은 물론 한 번이라도 어획물이 미끼를 문 것은 모두 교체한다. '파단(破斷)력'이 상실되거나 약해졌을 가능성이 높기 때문이다.

양승작업은 다양한 작업의 연결이다. 모릿줄을 감고 아릿줄을 정리하며, 꼬여 있는 모릿줄과 아릿줄을 풀고, 손상된 모릿줄을 잘라내고 잇거나 아릿줄의 마디를 교체하고, 어획물을 처리하고 처리한 어획물은 급속냉동실로 집어넣는 작업이 물 흐르듯 연결된다. 모릿줄을 라인 박스로 수거하는 일도 비록 선미 상갑판에서 이루어지지만 원활한 소통이 필수다. 이 양승작업에 가장 많은 선원이 참여하게 되는데 최대 15명 정도다. 브리지와 기관실 당직자를 뺀 전 선원이 동참한다고 보면 되겠다. 갑판에서는 한 선원이 한 가지 공정에서만 일하는 게 아니라 일정한 시간이 되면 차례로 '로테이션'된다. 22시경은 야식시간인데 한꺼번에 모두 먹으러 가는 게 아니라 작업에 지장이 없을 정도로 몇 사람씩 작업 공정에서 빠져나와 야식을 먹곤 했다. 마치 거대한 톱니바퀴가 돌아가듯 동부태평양 바다 위에서 선원들은 그렇게 연극배우처럼 자신의 배역을 소화하고 있었다.

조금만 숙련되면 일 자체는 그리 어렵지 않다. 반복되는 긴 노동시간이 힘들다. '반복과 긴 노동시간'은 노동강도에 해당한다. 반복은 동일성의 연속이다. 육지에선 노동이 끝나면 동일한 반복을 잊을 수 있는 다양한 상황이 있지만 원양어선에선 시공간적으로 지겨운 동일성을 대체할 수 있는 그 무엇이 거의 없다. 그게 어쩌면 가장 힘든 일이다. 일상도 그렇지 아니한가? 동일성이 반복되는 것 자체가 스트레스고 생명체의 '자율성'을 억압한다. 그게 심할 때 병이 되는 것이다. 병이란 다른 게 아니라 우리의 자율성이 파괴된 상태라고 해야 할 것이다.

그런 의미에서 원양어선원의 노동은 '최악의 상황'처럼 여겨진다. 개선되려면 여러 측면에서 이해와 지원이 필요하지만 선행되어야 할 것은 그런 삶들이 보다 더 구체적으로 그리고 많이 알려지는 일이다. 원양어선 선원들이 먼바다에서 험한 파도와 싸우고 있으리라는 어렴풋한 상상력 정도로는 안 된다. 현장의 이야기가 생생하게 더 많이 전해지면 좋겠다.

4
물고기가 상품이 되는 시간

대형 어종이 눈앞에서 죽어가는
걸 보면서 상념에 잠겼다.
그냥 단순한 미안함은 아니었던
것 같다.

하지만 지금 할 수 있는 것이라곤
그들에게 미안한 마음을 가지는
것뿐이라 더 미안하다.

현생(現生)의 우리를 용서하시라.

물고기를 상품으로

양승 작업에서 또 하나 중요한 과정은 어획한 어종을 처리(상품화)하는 일이다. 연승어선에서 어종을 그대로 처리하는 경우(whole 또는 round)는 없다. 어선마다 조금씩 차이가 나지만 대체로 '눈다랑어(Bigeye)', '황다랑어(yellowfin)', '청새치(striped marline)'는 'GGT(Gilled, Gutted and Tailed)'라고 해서 내장과 아가미 그리고 꼬리와 지느러미 등을 자른다. '날개다랑어(albacore)'와 '가다랑어(skipjack)'는 지느러미와 꼬리만 자르고, 새치류 및 기타 잡어는 머리, 지느러미, 꼬리와 함께 내장을 제거한다. '눈다랑어'와 '황다랑어'는 횟감용 고급 어종이다. 반면에 '날개다랑어'와 '가다랑어'는 통조림용으로 사용된다.

모든 어종은 갑판에 올라오면 신속하게 처리를 하지만 그중에서도 '눈다랑어'와 '황다랑어'는 제일 먼저 처리한다. 신선도를 유지하기 위해 최대한 빨리 죽여야 하는데 이를 '즉살'이라고 한다. 정수리에 작은 구멍을 뚫고 그곳으로 '굵은 구리철사' 등을 넣어 '뇌를 파괴'한다. 간혹 대형어종은 죽는 과정에서 몸부림을 치며 피를 튀기는 장면을 격렬하게 보여 주는데, '대어(大漁)'한 어부들의 기쁨 마음과는 달리 그 장면은 분명 즐거운 것은 아니라고 해야 할 것이다.

즉살이 완료되면 최대한 피를 빨리 빼야 하는데 이를 '방혈'이라고 한다. 먼저 꼬리를 자르고 한쪽 아가미 뚜껑에 뾰쪽한 금속관을 찔러 구멍을 낸 뒤 그곳으로 해수 파이프를 꽂아 해수를 주입하면서 그 압력으로 최대한 빨리 온몸에서 피를 빼낸다. 피가 어느 정도 빠졌다 싶으면 배를 가르고 아가미 뚜껑을 일부 절개하여 들어낸 후 그곳으로 아가미와 연결된 내장을 빼낸다. 이 작업은 숙련된 선원들이 한다. 처리가 완료되면 무게를 측정하고 급속냉동실(급랭)에 집어넣는다. 급랭실의 온도는 −50℃에서 최대 −70℃까지 된다.

고급 어종과 달리 다른 어종들은 그렇게 빨리 처리하지는 않는다. 가령 '날개다랑어'와 '가다랑어'는 처리를 한 후에도 수십 분 정도 갑판 위에 그냥 둔다. 다른 어종도 마찬가지다. 처리가 끝난 후 '급랭'으로 들어가는 시간이 고급 어종보다는 느리다. 사실 동부태평양어장에서 연승어업은 '눈다랑어'를 가장 중요한 어종으로 여긴다. 처리 후 중량이 '40kg'이 넘는 눈다랑어를 '중심'이라 부르며, 중심이 하루에 10마리 이상만 잡히면 충분하다고 생각하면서 그곳에서 계속 조업을 한다. '황다랑어'가 많이 잡혀도 '눈다랑어'가 잡히지 않으면 어장이동을 생각할 정도다. 그리고 '눈다랑어' 중심이 하루에 '20마리' 정도 잡히면 선장은 대어를 축하하는 의미에서 '술'을 풀었다. 그런 대어가 계속되면 술과 더불어 '전화카드(65분 정도에 55,000원)'를 제공하면서 '적수'할 때 선원들이 가족에게 전화할 수 있도록 해 주기도 했다.

전화 통화는 비록 대어를 하지 않아도 출항해서 일정 기간이 지나면 정기적으로 할 수 있게 해 준다. 이것은 어쩌면 선장의 고마운 배려라고 해야 할 것이다. 그런 점에서만 본다면 연승어선은 분위기가 트롤어선보다 훨씬 더 인간적인 것처럼 보였다. 사람 숫자가 많아지고 더 기계화되면 그 구성원인 인간의 조직도 더 딱딱하게 변하는 듯하다. 시골과 도시를 생각해 보면 쉽게 알 수 있다. 더 부자가 되고 더 복잡해지면 삶의 방향성이 그렇게 흘러가나 보다. 마치 식물의 굴광성(屈光性)처럼.

고급 어종은 어획한 월별로 다른 색깔의 태그(tag)를 달아 어획 시기와 위치(조업일지를 적고 있으므로 매월 어디서 조업했는지를 알 수 있다)를 표시하였다. 이는 시기와 위치에 따라 어획물의 가격이 달라질 수 있기 때문이다. 그리고 모든 어종의 꼬리 부위에 구멍을 뚫어 '노끈'을 둥글게 부착하는데 이는 전재나 하역을 수월하게 하기 위해서이다. 대략 2,200개 정도의 낚시를 던져 총 50~60마리 정도가 올라오는데 그중에서 '눈다랑어'를 비롯해 제품화하는 어종은 10~30마리 정도다. 제품화하는 어종으로만 보면 대략 1.5%. 그래서 양승작업은 '빈 낚시'를 회수하는 시간이 대부분이다. 때론 돈 되는 어종이 단 1마리만 잡힐 때도 있었으니 그 확률은 0.045%다. 연승어업은 실로 기다림의 연속이었다.

금지 어종과 대형 어종

'장완흉상어(Oceanic whitetip shark)'와 '귀상어류(hammer head shark)'는 금지 어종이고 다른 상어들은 제품화하는데, 이는 배마다 달랐다. 지느러미와 꼬리를 제품화하는데, 남획을 우려해 선박 내에 상어 몸체를 보관하게 하고 상어 꼬리와 지느러미가 몸체의 5%를 넘지 못하게 하는 규정이 있었다. 예전에 '연승어선'에선 지느러미와 꼬리로 많은 돈을 벌었기에 그런 규정이 생긴 것이다. 생태계란 모든 종이 연결되어 있기에 어떤 종이 무너지면 다른 종도 언젠가는 그 영향을 받게 되어 있다. 상어도 그렇게 되지 않을까 걱정이다.

일명 '개상어(강남상어, crocodile shark)'라 불리는 종은 다른 상어에 비해 많이 올라오는데, 개체의 크기가 작고 기름으로 '스쿠알렌(squalene, 상어의 간(肝)에 함유된 기름 성분)'을 만든다고 한다. 상어는 낚시 제거를 위해 입을 찢는 경우가 많았지만 숙련된 선원들은 그렇게 하지 않고도 낚시를 뺄 수 있었다.

'보라색가오리(pelagic stingray)'도 꼬리가 독침이라는 이유로 꼬리를 자르거나 아예 현측에서 아릿줄을 강하게 당겨 낚시를 제거하였다. 입 찢어진 상어와 꼬리 잘린 가오리가 바다로 돌아간다 해도 제대로 살 수 있을지 의문이다. 아주 드물긴 하지만 한 번 잡혔다가 방류한 개체가 다시 잡혀 올라오는 경우도 있었다. 그들의 생명이란 참으로 길다 못해 질긴 것이라는 생각이 들었다.

투승이 끝나면 양승 시작 전까지는 모두가 쉰다. 문득 우리가 쉬고 있는 평화로운 이 순간에 저 깊은 바닷속에서 대형 생명체 하나가 미끼에 이끌려 낚시를 물고 거기서 빠져나가기 위해 안간힘을 쓰고 있는 장면이 떠올랐다. 그리곤 얼마 동안이나 힘든 사투를 벌였을까. 이제는 힘이 완전히 빠지고 영혼조차 가물가물하여 거의 죽음 상태가 된 생명체가 마지막 신음을 토하고 있는 모습이 보인다. 그의 생애가 닫히고 있는 것이다.

침대에 누워 이런 생각을 하는 인간은 참으로 잔인할뿐더러 잔인함에 대해서도 태연한 존재라는 생각이 들었다. 그들의 몸이 몇 달 후 '고급 횟감'이 되어 미식가들의 혀를 기쁘게 하는 상황을 생각해 보라. 그런 의미에서 원양어업은 누구라고 할 것 없이 모두가 공범(?)이다.

이것은 사태의 심각성을 흐트려 보자는 수작이 아니다. 사람들이 배를 타고 먼 바다로 나가 고기를 잡는 행위가 자본주의 체제에선 거의 필수적이라 생각되기 때문이다. 돈이 되는 곳에 자본이 출몰하고 그곳에 사람들이 모여들기 마련이다. 이때 돈이 되는 곳이란 마치 우리 삶의 빈틈 같다. 자본주의는 삶의 빈틈을 그냥 두지 않는다. 슬슬 건드리다가 나중엔 끝까지 헤집어서 파괴해 버리고 만다.

그걸 가장 명징하게 보여 주는 것 중 하나가 '토건 자본'이라고 생각한다. 토건 사업이야말로 우리 삶의 빈틈을 찾아 헤집어 놓는 사업이고 그 사업은 우리의 마비된 영혼을 끌어모은다. 하여 우리는 발전된 모습 속에서 살고 있다고 생각한다. 아니 반드시 발전된 그곳에서 살아야 한다고 생각한다. 삶의 빈틈이 파괴되면서 우리의 몸(정신과 육체)이 파괴되는 것도 모른 채.

낚시에 걸린 어획물을 갑판으로 올릴 때도 그 과정은 참으로 잔인하다. 미사일이라고 하는 후크(hook) 네 개가 달린 장비를 물속으로 내려 주둥이를 찍어 당기고, 표면에 떠오르기가 무섭게 날카로운 후크를 결합해서 만든 여러 개의 '대나무 학가'로 머리 부위를 찍고, 갑판에 올라오기가 무섭게 즉살시킨다. 작은 새치류는 대부분 죽은 상태로 올라오지만, 간혹 대형종이 산 채로 올라오면 대형 나무해머로 정수리 부분을 때려서 죽인다. 한 번 때려 안 되면 두 번, 그래도 안 되면 세 번. 그렇게 때리다가 지친 인간은 때리고 있는 대상에게 화를 내면서 더 잔인해진다. 마치 자신의 첫 번째 가격(加擊)에 대상이 죽어줘야 하는 게 당연하고, 그 상황이 죽은 대상에게 자신이 베푼 자비심이 이루어졌음을 확인하는 것 같았다. 잔인함을 넘어 우리 인간이 빠진 우울함의 깊은 수렁 같았다. 그 수렁에서 빠져나오는 것은 천 길 낭떠러지에서 올라오는 일보다 더 힘들 것이다.

대형 어종은 크기 때문에 그 자체가 경이로움의 대상이긴 하지만, 경이로움은 낚시를 무는 순간 '승리감'의 대상으로 바뀌곤 했다. 제국주의 시절 서구인에 의해 야생의 온갖 대형종이 사냥의 대상이 된 것도 마찬가지일 것이다. 그들이 대형종이라 더 불쌍하고 그 장면이 더 잔인하게 보인 것일까? 그렇게 생각하는 게 오히려 사치일까? 먹고 먹히는 관계, 그것은 피할 수 없는 일일까? 대형 어종이 눈앞에서 죽어가는 걸 보면서 상념에 잠겼다. 그냥 단순한 미안함은 아니었던 것 같다. 하지만 지금 할 수 있는 것이라곤, 그들에게 미안한 마음을 가지는 것뿐이라 더 미안하다. 현생(現生)의 우리를 용서하시라.

어획한 어종의 급속냉동

트롤어선과 달리 연승어선에선 어획한 어종을 통째로 급속 냉동시켜 어창(魚艙)에 적재한다. 트롤어선에서는 어종의 개체가 작으므로 팬(금속으로 만든 사각 양철 pan)에 사이즈별로 일정한 양을 담아 급속 냉동시키고 나중에 팬과 제품을 분리해서 냉동된 어획물만 어창에 차곡차곡 쌓으면 되는데, 어종의 형태가 유선형이고 둥글게 생긴 대형 어종만으론 차곡차곡 쌓기 쉽지 않았다. 그래서 작은 어종인 잡어들을 이용해서 빈틈을 채운다. 그런 깔개 역할을 하는 걸 '던니지(dunndge)'라고 한다.

사실 다랑어류와 새치류를 제외한 잡어는 선원들의 몫이라 한다. 그리고 대형 어종에서 나온 부산물 가령 '알' 같은 것도 모두 제품화하는데 이것도 선원들의 몫이라 한다. 물론 회사마다 다르기는 하다. 철저하게 회사 몫으로 챙기는 경우도 있지만 총량으로 계산하면 선원들에게 돌아가는 수당의 크기는 비슷할 것이다. 예전에 북태평양어장에서 조업할 때도 입항하면 자신이 잡은 어획물을 아주 조금씩은 집으로 가져가도 괜찮았던 회사가 있고, 전혀 그런 걸 허용하지 않는 회사도 있었다. 실제로 부두에서 하역하는 인부들이 어창에서 일하다가 부서진 '바라(냉동제품이 부서져서 낱개가 되어 버린 것)' 몇 개를 가져가는 것 때문에 회사 감독관과 싸우는 경우도 있었다.

대체로 자연과 자연 속에 있는 것들은 '공짜'로 여겨지는 경우가 많다. 아버지는 오래전 토끼 사냥을 하셨지만, 토끼를 잡아 오면 동네잔치를 할 뿐, 팔지는 않았다. 사냥에 동참한 사람도, 와서 먹는 사람도 토끼가 공짜로 생겼다 생각했다. 이런 생각은 당연한 것이고 옳다고 여겨진다. 그렇게 자연은 늘 공짜다! 그리고 공짜여야만 한다. 이런 생각을 좀 더 확대해 보면, 모든 게 공짜여야 하고 소중하고 기본적인 것일수록 더 공짜여야 한다.

가령 공기와 물이 공짜가 아니라면 우린 어떻게 살아갈 수 있을까? 그래서 흔하디흔한 것이라는 의미로 '물처럼 쓴다'라는 말도 있다. 하지만 지금은 공짜여야 할 기본적이고 소중한 걸 모두 돈을 주고 사야만 한다. 하여 우리의 기본적인 삶이 위협받을 때도 많다. 물과 공기가 오염되는 게 그것이다. 하지만 오염이 어느 날 갑자기 일어나는 눈사태 같은 건 아닐 것이다. 우리가 자신도 모르게 누적시켜 온 '공짜가 아니라는' 생각과 행동이 그런 사태를 만들어 낸다고 생각한다.

우리 원양어업도 그런 눈사태의 원인을 만들어 내는 것 중 하나가 아닐까? 우리가 육지를 떠나 먼바다에서 수십 혹은 수백 미터 물속에 살고 있는 '물고기'를 잡으려고 하는 것이 바로 그런 욕망에서 비롯된 게 아닐까?

우리가 바다라고 하는 생태계에 던지는 어구의 크기도 그렇다. 전체 크기로 보면 백 미터가 넘는 트롤어구부터 수천 미터가 넘는 연승어구의 길이를 생각해도 그렇다. 우리는 분명 바다가 좋아 바다가 만들어 내는 파도와 바람을 즐기기 위해 이곳으로 온 것은 아니다. 육지에 그리운 것과 즐거운 것이 많지만, 돈이 필요해서, 아니 돈이 있어야만 돌아가는 삶의 구조 속에서 살아남기 위해 이곳으로 온 것이다. 하여 마치 수도승처럼 온갖 욕망을 견디어 내면서 이렇게 망망대해 바다 위에서 하루하루를 살아가는 것이다.

그래서 우리에겐 '타자(他者)'에 대한 관용이 사치처럼 보인다. 우리 코가 석 자인데 누구에게 자비를 베풀란 말인가?

하지만 그럴수록 주변을 더 돌아볼 수 있어야 하지 않

을까? 실제로 어려운 환경에서 사는 사람들일수록 주변의 타자들을 많이 돌아본다. 그것은 주변이 마치 자신이 늘 쳐다보는 거울에 비친 자신의 모습 같아서일 것이다. 물론 이것이 매우 감상적인 접근법이긴 하다. 세상의 근본적인 문제를, 근본적인 문제에 시달리고 있는 너희들끼리 해결해 보라고 하는 것 같다.

하지만 자신과 가족을 넘어 주변에 있는 타자들을 찾고 살피는 일은 중요해 보인다. 그렇게 경계를 한없이 넓혀가다 보면 문득 우리는 그 끝에서 자신을 만날 수 있지 않을까? 그때 우리는 깜짝 놀란다. 타자에 대한 생각과 배려를 끊임없이 하다 보니 실제론 그 자리에 자기 자신이 오도카니 앉아 있더란 말이다. 하여 우리를 포함한 그 모두가 망망대해에서 떠도는 영혼처럼 힘겹게 세상을 살아가고 있는 존재라는 것을 깨달을 수 있지 않을까? 그래서 우리를 포함하여 모두의 삶이 공짜로부터 시작되어야 한다는 것을 직시하게 되지 않을까?

좁게는 들이마시고 내뱉는 호흡에서부터 구체적인 삶들이 주거니 받거니 서로가 누구인지 알 수 없을 정도로 엉킴으로써, 자신의 하루하루가 이루어지고 있다는 부정할 수 없는 사실을 깨닫게 될지도 모르겠다. 그건 어쩌면 니체가 말하는 '운명애(運命愛)' 같은 것이 아닐까? 모든 것을 운명에 맡기고 하루하루를 살다 보면 모두가 피안(彼岸)이라고 하는 바다의 기슭에서 살아가고 있는 중생들임을 발견하게 되는 것 말이다. 그것은 결코 허무주의나 패배주의가 아니라 운명을 너무너무 긍정하고 사랑하는 일이다. 그게 우리의 진정한 모습이고 하루하루 살아가게 하는 힘이 된다.

어업으로 파괴되는 바다 생태계

자신을 중심으로 보면 자신의 외부엔 자신과 비슷한 '우리'가 있을 것이다. 이때 '우리'는 자신과 다른 것 같지만 사실은 다른 게 아니고, 동일하지만 '변형된 자신'과 비슷하다. 그래서 자신은 우리가 되어 늘 '우리'라고 하는 '동일성(同一性)' 속에서 살아가려고 한다. 그곳을 벗어나면 불안해하고 '우리'가 갖고 있는 동일성을 찾기 위해 노력한다.

그런데 '자신과 우리'로도 감쌀 수 없는 외부가 있다. 그게 '타자(他者)'다. 타자는 우리처럼 자신의 외부에 있지만 더 엄밀하게 말하면 '자신'의 외부가 아니라 '자신과 우리'의 외부에 있다고 해야 할 것이다. 그래서 '동일성'이 아니라 '차이(差異)'로서 사유 된다. 이것은 이원론 구도 같지만 이원론이 아니다. '자신과 우리'를 중심으로 하는 사유는 '자신과 우리'가 중심이 되는 일원론이고, '타자'를 중심으로 하는 사유는 '타자'들이 바글바글한 '다원론적 일원론'이다. 이름은 같지만 사실은 다른 일원론인 것이다. 오직 하나밖에 없는 일원론과 무수한 타자들만 존재하는 '운동성으로서'의 일원론이라고나 할까.

본래 자연은 타자들의 운동성이 존재하는 일원론적 세계였다. 아무도 주인공이 아닌, 그래서 모두가 주인공인 세계 말이다. 그런데 인간 혹은 인간의 담지자로서의 신이 중심이 되는 일원론 세계가 되었다. 이때 중심에서 시작된 위계는 중심에서 아래로 향해 계단식으로 쭉 이어진다. 중심에 가까울수록 더 우월하고 멀어질수록 열등하다고 여겨진다.

바다 생태계 역시 그렇지 않을까? 인간이 아니라면 누가 가장 월등했을까? 고래가 그랬을까? 아니면 상어나 눈다랑어가 그랬을까? 인간이 등장함으로써, 아니 중심이 됨으로써 인간의 필요에 의해 바다 생태계는 서열화되기 시작하였다. 원양어업에서 '주요목표어종'이 그런 것이다. 그 외의 것은 '잡어(雜魚)'로 불린다. 잡어 축에도 끼지 못하는 것은 '오물(汚物)'로 취급된다. 귀찮거나 심지어는 제거해야 할 것으로 취급된다.

트롤어법은 저층(低層)에 서식하는 어종이 대상이기에 조업을 위해 반드시 저층 생태계를 건드린다. 거대한 트롤어구는 건드림을 넘어 파괴로 이어지고 나중에는 결국 저층 생태계에서 생명의 키워드들이 제거된다. 그리고 복원되지 못한다. 주요목표어종뿐 아니라 '취약해양생태계(VME, Vulnerable Marine Ecosystem)'가 함께 파괴된다. 저질(低質)을 구성하는 '삶의 현장'이 파헤쳐지고 바위가 뽑히기도 한다. 또 어구와 폐기물을 버림으로써 파괴의 무게는 가중(加重)된다.

연승어업은 트롤어업과는 다른 방식이지만 바다 생태계를 파괴하는 것임에는 틀림없다. 저층이 아니라 수천 미터 깊은 바다이기에 그런 느낌이 잘 전해지지 않을 뿐이다. 하지만 분명 중층(中層)에도 생태계의 중요한 키워드인 '취양해양생태계(VME)'가 있을 것이다. 그들이 바로 우리가 제품화하지 않는 잡어에도 속하지 않는 '폐기 어종'들이다.

끊임없이 낚시에 걸려 갑판으로 올라와서 생존 방류를 어떻게 고민할 시간도 없이 찢기거나 잘리고 토막이 나서 버려지는 생명 혹은 영혼들. 적어도 우린 그들을 보호해야 한다고 생각한다. 그들은 비록 인간에게는 상품성 없는 '타자'들이지만 바다 생태계의 주요한 키워드이다.

모든 생태계에는 퓨즈(fuse)와 같은 역할을 하는 존재들이 있다. 그게 끊어지면 그들뿐 아니라 인간도 죽는다. 적어도 그 퓨즈는 끊어지지 않도록 해야 한다. 그것은 우리가 최소한으로 해야만 하는 일이다. 비록 우리가 힘든 노동조건 속에 처해 있더라도, 그들의 헛된 죽음으로 세상이 암전(暗轉)될 수 있다면 막아야 하지 않을까.

배 위의 이주민 노동자

어창은 추워도 너무 춥다(보통 영하 30℃에서 50℃ 정도 된다). 반면 기관실 입구는 배에서 가장 '뜨거운(?)' 곳이다. 그래서 선원들은 방한복의 습기와 냄새를 동시에 날리기 위해 이곳에 옷을 널어 말린다. 널어 놓은 방한복은 몸을 감싸던 옷인데 마치 '영혼'처럼 느껴진다. 몸이 빠져나간 사이 영혼은 영혼들끼리 고단하고 추웠던 시간을 사색하고 감내하는 것이다.

우린 어떤 사건에서 '사건의 중심' 즉 주인공을 찾는 버릇이 있다. 그리고 '주연과 조연'으로 나눈다. 바다에서 일어나는 사건은 어떨까. 사건의 주인공을 무턱대고 인간이라 할 순 없을 것이다. 하지만 '인간이 없는 바다'가 인간에게 무슨 의미가 있을까? 인간이 바다의 주인공이 되어야 한다는 말은 아니다. '인간과 바다의 관계'에선 특정 존재보다 '관계론'의 관점이 필요하다는 것이다. 주인공을 찾는 것은 '관계론'이 아니라 '실체론'일 뿐이다. 관계론일 때 '바다와 인간'은 '평등'하게 어우러질 수 있다. 누구도 주인공이 아니면서 모두가 중요한 존재인 상태, 그때 우리는 바다에서 이루어지는 우리의 삶도 잘 살펴볼 수 있을 것이다.

바다는 우리 말고도 엄청나게 많은 존재들과 관계를 맺고 있다. 하늘, 바람, 파도, 섬, 배, 바닷새를 포함한 '취약해양생태계'가 그것들이다. 모든 것들은 그 자체가 바다는 아니지만 바다라고 하는 풍경 전체를 만들고 있는 것들이다. 우리 인간도 예외는 아니다.

어선원들에게도 '다양함'이 모여 있다. 사관과 일반 선원, 다양한 민족이나 국가 등등. 이른바 '뱃사람'들은 여러 가지 조건 속에서 만들어졌다. 이 역시 특정한 누군가를 주인공이라 할 수 없다. 그럼 바다를 이루고 있는 모든 것들을 '타자(他者)'라고 할 수 있을까. 타자를 '차이'라고 생각해 보자. 차이가 모여 바다라고 하는 '거대한 풍경'이 된 것이다.

현실적인 차원에서 살펴보자. 작금의 한국 원양어업은 한국 선원만으로 이루어지지 않는다. 사관이나 준사관(갑판장, 조기장, 처리장) 정도만 한국 선원이고 일반 선원은 모두 외국인이다. 예전에 우리가 돈을 벌기 위해 망망대해로 나갔듯이 이제 그들이 그 자리를 메꾸고 있는 것이다. 이것은 누구의 요구사항인가? 아마도 '자본의 요구사항'일 것이다. 자본에겐 상대적으로 비용이 저렴한 외국인 노동력을 사용하는 게 당연한 일이다.

게다가 한국 선원들은 대부분 노령화된 상태다. 배를 타고 싶지 않지만 육지에서도 마땅히 할 게 없는 처지다. 이게 노동시장의 측면만을 말하는 것은 아니다. 그들에겐 오랜 바다 생활로 오히려 육지 생활이 더 어색해진 측면이 있다. 그래서 자신도 어쩔 수 없는 사이에 자신의 위치가 바다 위에 떠 있는 배라는 걸 확인하곤 한다.

원양어업은 그렇게 '타자(他者)'들에 의해 돌아가고 있다. 그 사실이 뭐 별거냐고 말할 수 있겠지만 총체적 열악함 속에서 원양어업이 돌아가고 있다는 걸 말하고 싶은 것이다. 우리가 메우지 못하는 열악한 노동조건을 외국인 선원이 감내하고 있다.

이 지점에서 우리는 예전에 고생했던 걸 많이 몰라 주었다고 말하는 것만으로는 부족하다는 생각이 든다. '우리의 고생'을 우리가 알리지 못했던 것은 우리의 불찰이라고 해도, 지금 바다에서 고생하는 외국인 선원과 노령화가 많이 진행되어 버린 우리 선원의 고단함이 더 이상 묻혀서는 안 된다. 그런 고단함이 알려지고 또 누군가가 알아주고 격려해 주고, 결국 보답으로까지 이어질 때 역사의 수레바퀴는 비록 덜컥거리면서라도 돌아갈 수 있는 게 아닐까?

타자를 이해하는 방식

‘타자(他者)’에 대해 생각해 보자. 타자란 일단 자신이 아닌 그 어떤 것이다. ‘무엇’이 아니라 ‘어떤’ 것이라고 해야 한다. 자신의 내부에도 ‘타자’가 있다. 가령 의식(意識)을 중심으로 볼 땐 ‘무의식(無意識)’이 타자다. 자신이 전혀 생각지도 못했던, 마치 자신이 아닌 것같이 행위하는 자신의 어떤 감춰진 모습 말이다.

타자를 ‘무엇’이라는 실체로 보았을 때 자신이 아닌 것은 모두 타자가 될 수 있다. 한국인에 대해 외국인이 그렇다. 그런데 외국인이라고 하더라도 서양인에 대해서는 ‘타자’라고 말하진 않는다. 서구 중심적 사고에서 서양인은 타자가 아니라 늘 중심이기 때문이다. 그러므로 타자란 자신과 떨어져 있거나 바깥에 있다고 여겨지는 것만은 아니다. 타자는 자신의 바깥에 있으면서 자신보다 더 낮은 곳에 있다고 여겨지는 것들이다. 남성에 대해 여성, 백인에 대해 흑인 같은 것 말이다. 그런데 그런 타자는 실체에 국한되지 않고 그런 실체들이 관계를 맺고 있는 사건이나 혹은 사건 속에 실체가 녹아 있는 상황도 될 수 있다. 가령 동남아 선원들의 생활습관 같은 것도 우리에겐 타자가 될 수 있다.

중요한 건 '타자는 잘 보이질 않는다'는 점이다. 왜냐하면 그것은 우리와는 다른 '차이'로 이루어져 있기 때문이다. 그런데 그런 차이는 중심에 의해 '저급한' 것으로 재단되고 취급되는 경우가 많다.

가령 우리 관점으론 그들의 일상생활이 낮은 수준이거나 '더러운' 것으로 취급될 가능성이 높다. 타자를 잘 이해하지 못할 때 일어나는 일반적 현상이다. 그런 상황을 '무지(無知)'에서 오는 것이라고 한다면 이런 '무지'는 상당한 문제를 양산한다. 무지는 타자뿐 아니라 자신보다 더 높은 곳에 있다고 여겨지는 일에 대해서도 심각한 문제를 만들어 낸다. 가령 신에 대한 오해가 그렇다. 지진 같은 것을 현상의 문제로 파악하지 않고 신의 노여움 등으로 해석하는 게 바로 그런 것이다.

타자의 생활습관을 잘 이해하지 못하는 것도 '무지'와 관련된 현상이다. 가령 동남아 선원들의 화장실 습관도 그런 것 중 하나다. 언뜻 보기엔 열악하고 더러운 것 같지만 실제로 사용해 보면 아주 편리하고 깨끗하다. 우리에겐 '비데'라는 게 최근에 생겼지만 그들은 비록 수동식이긴 하지만 오래전부터 '물'로 씻는 '뒤처리'를 하였다.

일상에서의 습관은 모두 오랜 역사를 갖고 있다. 중심의 관점에선 타자의 관습이 질서가 없는 것처럼 보일지 몰라도 나름의 질서를 갖고 있다. 그 질서를 발견하고 인정하는 게 '민주주의' 아닐까? 일상의 민주주의란 그런 것이다. 타자를 인정하고 이해하는 것. '민주주의'의 출발이다.

우린 살아가면서 수많은 타자와 접속한다. 생각이 같지 않은 사람, 다른 계층으로 여겨지는 사람, 심지어 같은 세상에 살고 있지 않다고까지 생각되는 사람도 있다. 원양어선 선원들이 그들이다. 일반인은 그들에 대하여 어렴풋한 신비로움과 함께 여러 가지 오해를 갖고 있다. 원양어선 선원들은 육지의 사람들에겐 '타자'이다. 육지와 바다를 이어줄 그 무엇이 너무 없기 때문에 육지 사람들의 무지가 만들어낸 이미지가 '원양 선원들'을 채색해 버렸다. 하지만 어떤 계기로든지 그들을 발견하고 또 이해한다면 그들 역시 우리와 같은 생각과 고민을 갖고 있는 사람들이란 걸 알게 될 것이다. 그것은 무지에서 탈출하는 일이기도 하고 그 타자를 끌어안는 일이기도 하다. 그게 사랑의 시작이 아닐까.

갑판 비닐하우스에서 키우는 농작물

바다 위에서 불편한 것 중 하나가 먹는 문제이다. 생선류는 육지에서보다 더 잘 먹는다. 냉동시설이 있기에 '육류'도 큰 문제는 없다. 다만 통조림으로 된 식품이 너무 많은데 각종 찌개는 물론 두부, 브로콜리, 콩나물, 버섯, 사골국물 등등 통조림으로 만들어져 있는 건 모두 먹는다고 보면 되겠다.

물도 문제다. 사실 '청수(fresh water, 담수) 탱크'에 받아 둔 것은 출항해서 얼마 가지도 못하지만 바로 먹기도 어렵다. 모두 정수(淨水) 시스템으로 걸러 먹는다. 해수를 담수로 바꾸어 먹는 '조수기 물'은 이른바 '증류수'이기에 영양분이라고는 하나도 없다. 페트병에 든 '생수'는 마음대로 마실 수 없고 일정한 양을 배급받는다. 그것도 한국 선원들에게만 국한되고 외국인 선원은 모두 '조수기 물'을 마셔야 한다.

가장 큰 문제는 채소를 마음껏 먹을 수 없다는 것이다. 물론 입항하거나 출항한 지 얼마 되지 않은 배들은 큰 문제가 없지만 그것도 일정한 시간이 지나면 다 소진되기 마련이다. 가장 오래 보관할 수 있는 채소는 '양배추'다. 북태평양어장이나 포클랜드어장에서도 늘 '푸성귀'에 대한 아쉬움이 있었다.

그런데 동부태평양어장의 배들 일부에서는 그런 문제가 조금 해소되는 것 같았다. 배에 비닐하우스를 지어 직접 재배하기 때문이다. 동부태평양어장은 조업 위치가 위도로 N 15°에서 00°(적도)를 거쳐 S 15°에 해당하는 해역이기에 일조량이 풍부했다. 그래서 출항하면 브리지 뒷 공간에 아주 작은 비닐하우스를 만들고 그곳에서 여러 가지 작물을 재배했다. 상추를 비롯하여 깻잎, 고추, 오이, 가지 그리고 치커리와 케일까지 온갖 작물을 재배했는데 일조량이 강한 만큼 성장과 수확도 좋았다. 도시 생활만 하던 사람들에겐 오히려 특이한 '농업'을 경험해 볼 수 있는 지점이었다.

비닐하우스에서 사용하는 흙은 보통 흙이 아니라 '흙+톱밥'으로 된 이른바 '부엽토'이다. 부댓자루에 든 것을 사용하는데 가볍고 작물의 성장에도 많은 도움이 되는 것 같았다. 비료는 사용하지 않고 오직 물과 햇빛만으로 키운다. 비닐하우스는 대체로 시간에 좀 여유가 있는 사람,

대체로 선장, 기관장, 통신장들이 담당한다. 여태까지 배에선 쉽게 먹어 볼 수 없던 푸성귀를 마음껏 먹을 수 있다는 게 너무너무 신기하게 느껴졌다.

물론 푸성귀를 모든 선원이 마음껏 먹는 것은 아니었다. 이것 또한 주로 한국 선원 위주로 먹었지만 '517 남궁호' 선장은 한국 선원뿐 아니라 외국 선원도 모두 함께 먹도록 하였다. 그러다 보니 외국 선원들도 바쁜 일과 중에 비닐하우스 관련 일이라면 적극적으로 나섰다. 물을 주는 것부터 푸성귀를 따고 씻는 것, 그리고 비닐하우스의 정기적인 보수도 모두 함께하였다. 기관장은 오랜 경험으로 거의 농부 수준이었다. 육지에서 좋은 씨앗을 챙겨 오고 적절한 시기에 물을 주고 흙갈이와 이모작에도 관심을 보였다. 특용작물(?)에도 관심을 가져서 방울토마토 같은 것도 키울 수 있었다.

푸성귀가 있는 식탁은 늘 풍요로워 보인다. 바다라는 특수한 환경에서 맛볼 수 있는 작은 행복이다.

남궁호에서 사용하는 세 가지 시간

414톤급 연승어선 '남궁 517호'의 갑판은 늘 선원들이 분주하게 움직인다. 나도 마찬가지다. 모든 사건은 시간 속에서 흐르고 또 시간으로 재단된다. 가둘 수 있는 시간은 자연의 시간이 아니라 '근대의 시간'이다. 근대에선 시간도 공간처럼 나뉜다.

이곳에서 사용하는 시간은 크게 세 가지이다. 먼저 한국 시간. 한국 시간은 GMT(그리니치평균시, 런던 그리니치천문대의 자오선 상에서의 평균 태양시)에다가 '+9시간'을 하면 된다. 다음으로 사용하는 시간은 'LMT(해당 지역의 시간)'이다. 가령 우리나라에 있다면 우리나라에서 사용하는 시간이 'LMT'가 될 것이다. 그리고 요즈음은 'UTC(Universal Time Coordinated)'라고 불리는 'GMT'. 동부태평양어장은 한국보다 경도별로 '+3~+5h' 정도가 되었다. 동쪽으로 가면 시간을 더(+)하고 서쪽으로 가면 시간을 빼(-)면 된다.

경도 15°가 변할 때 1시간이 바뀐다고 생각하면 되겠다.

우리나라는 동경(東經) 135°를 기준으로 한 '표준시'를 사용한다. 예전에 '동경(東經)'을 '동경(東京)'으로 이해해서 왜 우리가 일본의 기준을 사용할까 하는 생각을 한 적이 있다. 하지만 360°를 24시간으로 나누면 15°가 한 시간에 해당하고 135°가 9시간에 해당한다는 걸 알 수 있다.

그런 점에선 북한은 좀 더 '주체(?)'적이었는데 그들은 우리와 달리 동경 135°가 아니라 동경 127.5°를 지나는 자오선을 표준시로 사용하였다. 그래서 우리 시간보다 30분이 늦었다. 큰 차이라곤 할 수 없어도 엄밀하게 말하면 동경 135°는 일본 열도를 지나는 자오선이지만 동경 127.5°는 한반도를 관통하는 자오선이기 때문에 늘 '주체'를 외치는 북한다웠다.

하지만 그런 북한도 2018년 남북정상회담 이후 남한과 같은 표준시를 사용하는 것으로 변경하였다.

시간은 공동체 속에서 하나의 약속이다. 보통 사람들은 'GMT+9'를 적용하는 한국 표준시가 불편하지 않을 것이다. 하지만 특수한 상황에 놓인 사람들은 세계 여러 나라 시간을 실시간으로 비교하면서 사용해야 하므로 다소 불편할 수 있다. 그게 특수한 사람들의 세계에서 일어나는 일이긴 하다. 그래도 한반도에 같이 살고 있는 남과 북의 표준시 정도는 통일되는 게 좋지 않을까 생각했는데, 남북회담을 계기로 이것 하나는 이루어진 것 같다. 표준시 하나를 정하는 것도 정치적 힘이 크게 작용한다. 예전에 서머타임을 정하는 데도 꽤 많은 논쟁이 있었던 걸로 알고 있다.

왜 세계시간의 기준이 영국에 있는 그리니치 천문대가 되었을까? 그것은 영국을 근대역사의 기준으로 보는 데서 나왔다. 그들의 기계문명이 세계의 어둠을 몰아내었다고 하는 것과 같다. 영국의 그리니치 천문대를 지나가는 자오선을 세계 표준시로 정했다는 것은 지구를 인간이 경도(經度)로 나누고 그 경도의 시작점 즉 경도 000°가 자신들로부터 시작했다는 것을 의미한다. 자신들로부터 모든 근대문명과 시간이 출발했음을 의미하는 아주 독선적인 시각이라고 해야 할 것이다. 당시 세계시 기준을 어디로 할 것이냐를 놓고 영국과 프랑스가 치열한 물밑 투쟁을 했다고 한다. 우리나라가 최고 강대국이었다면 우리나라를 지나가는 자오선(경도)을 기준으로 했을 것이다.

이것은 '기축통화(基軸通貨)' 달러를 연상시킨다. 강대국의 자국에서 통용되는 화폐를 '세계의 돈'으로 하는 것 말이다. '기축통화국'이 되면 유리한 점이 많다. 마음대로 찍어 낼 수 있는 것은 아니겠지만 그래도 통화 조절에 대한

'기득권'을 갖는 것은 분명해 보인다.

시간도 그런 게 아닐까. 그들이 시간, 즉 삶의 기준이 되는 것 말이다.

가령 '보편'이라는 말을 생각해 보자. 자신을 보편적이라고 여기는 것은 어떨까? 자신을 보편적이라고 여기는 순간 몸속에 양날의 칼을 갖게 된다. 보편적이라 여기는 모든 것들은 대체로 '혼성주의'를 택하는 것처럼 보이는데, 자신은 주인공이고 늘 자신을 중심으로 외연의 확대를 욕망하기에 주변을 너그럽게 허용하는 것처럼 보인다. 가톨릭이 그랬고 중화민국이나 제국주의, 팍스아메리카 역시 그랬다. 그것들의 공통점은 주변을 인정하고 허용하는 것 같지만 자신의 권위에 도전하는 것은 절대 허용하지 않는다는 것이다.

생태계에도 보편적인 것이 보여주는 혼성주의가 있다. 가령 큰 종(種)일수록 변이(變異)를 많이 보유하는데, 이런 현상은 많은 변이들이 큰 종의 필수불가결한 요건처럼 보이게 한다. 즉, 가장 큰 종이 되기 위해선 주변의 변이들을 끊임없이 허용해야 한다는 말과 같다.

보편과 혼성주의는 동전의 다른 면이 아닐까. 좋은 의미로든 나쁜 의미로든 보편이 되려면 혼성을 품어야 한다. 하지만 그 속에는 늘 칼날이 도사리고 있다. 우리의 삶 역시 다양한 파편들이 모여서 이루어진다. 사건도 마찬가지다. 마치 '무한소'처럼. 자신이 보기엔 무의미한 것들 같아도 그런 것들이 모여 하나의 의미 있는 사건을 이루는 것이다. 하나의 발자국이 하나의 발자국으로 끝나는 경우는 없다. 끊어질 듯 이어지는 게 사건이며 삶이다.

5
장기어업에 필요한 새로운 감각

살다 보면 늘 '틈새'라는 게 있다.
이것은 쓸모없는 것 같지만
많은 사람을 편안하게 해 주는
경우가 많다.
'곡즉전(곡즉전)'에 나오는 '굽은
나무' 같은 건데, 너무 굽어 목재로서
쓸모가 없으므로 잘리지 않았고
덕분에 풍성하게 자라 목재 대신 '큰
그늘'을 만들어 냈다.

불법어업

'IUU(illegal unreported unregulated)'란 불법적으로, 보고도 하지 않고 규제도 따르지 않는 것을 의미하는데 그걸 어업에 적용하면 '불법적인 어업'에 해당한다. 우리나라는 남극해와 서부 아프리카 연안 수역에서 제한 양의 최대 4배를 남획하거나 선박 식별 표시 의무 등을 위반하면서 2012년 '예비 불법조업국가'로 지정된 적이 있다. 'IUU국가'로 최종 지정되면 해당 국가의 수산물 수입이 금지되고 항만 이용도 불가능해지는 등 각종 제재조치가 뒤따른다. 그리고 그게 수산물 영역에만 영향을 미치는 게 아니라 우리나라 산업 전반에 영향을 미칠 우려가 있다.

자연은 주인이 없는 것으로 여겨지는 경우가 많다. 육지나 바다나 마찬가지일 테지만 바다가 더 심하다고 해야 할 것이다. 1980년대 인도양 오만 어장의 '349톤짜리 저층 트롤어선'은 계약 기간 30개월 중 단 며칠만 '합법적인 조업'을 했었다. 연안(沿岸)에서 10마일(18,520미터) 바깥과 수심 100미터 이상에서 조업하기 계약을 하고 입어(入漁)하였지만 실제론 10마일 안쪽과 수심 100미터보다 더 얕은 곳에서 조업을 하였다. 심지어 연안 1마일, 수심 10미터 이내에서 조업한 적도 있다.

불법어업은 수산회사와 오만 수산당국의 결탁하에서 일어났다. 오만 측 '감독관(inspector)'이 승선하고 있었지만 무용지물이었다. 당시 그들은 레이더나 어군탐지기도 볼 줄 몰랐다. 비록 알았다고 하더라도 오만 수산청에서 무마시켜 버렸을 것이다. 당시 오만 수산청은 그곳에 진출한 우리나라 수산회사와 검은 커넥션을 맺고 있었으니 이런 사건을 보면 한 위정자가 나라의 그 무엇도 팔아먹을 수 있다는 생각이 든다. 당시 오만에서의 트롤조업은 어업이 아니라 거대한 '로비'였다고 해도 과언이 아니다. 그 검은 장막 뒤에서 돈을 벌었던 것이다.

불법조업으로 가장 먼저 그리고 크게 피해를 보는 것은 생태계이다. 다음으론 오래전부터 바다를 삶의 터전으로 삼고 살아가던 원주민들이다. 오만 어장이 그랬다. 그래서 정치적 민주주의가 매우 중요하다. 민주주의 세력이 아니라면 삶의 근간이 되는 것들이 쉽게 파괴될 수 있고 회복되기도 어렵다. 물론 정치라는 게 특정 집단만 할 수 있는 것은 아니다. 일상적인 삶 속에서 많은 사람들은 정치적 힘을 경험한다. 이른바 '미시(微示) 정치'다. 일상에서 민주주의를 깨닫고 실천하는 것이 중요하다. 일상에서 민주주의를 공부하고 실천하지 않는다면 더 넓은 차원에서의 '거시(巨視) 정치'로서의 민주주의는 요원하기만 할 것이고, 피해는 고스란히 공동체의 저변을 구성하고 있는 사람들의 몫이 된다.

1980년 초 오만 어장에서 조업을 하면서 보이스 통신으로 당시 우리나라의 반(反)민주주의적 상황을 개탄하는 이야기를 많이 들었다. 하지만 우리가 그 반민주주의라고 말하는 검은돈, 로비 등을 통해 한 나라의 생태계를 파괴하고, 원주민들의 삶의 터전을 우리가 파괴하고 있었다는 것은 심각한 아이러니가 아닐 수 없다. 난 우리나라 원양어업의 자랑스러운 측면과 더불어 부끄러운 측면도 함께 조명해야 한다고 생각한다. 그리고 그런 일들에 대한 논의가 다양한 방면에서 구체적으로 진행되어야 한다고 생각한다. 지금 생각해 보면 우리나라 원양어선에 국제 옵서버를 승선시키는 것도 그와 같은 일 중 하나이리라.

하지만 아직도 원양어업과 생태계를 지키려는 노력은 매우 미흡하다. 원양어업이 처한 모든 상황을 획기적으로 바꾸어 내야 한다. 영세한 원양어업회사를 국가에서 적극 지원하고, 심각하게 늙어 버린 어선을 바꾸고, 선원들의 노동조건을 획기적으로 개선해야만 한다. 생태계를 지키는 건 어느 하나만의 문제로 해결될 수 있는 게 아니다. 하지만 원양어업과 관련된 사람이나 조직은 그런 통합적인 인식이 매우 부족하다는 생각이 들어 매우 안타깝다.

첨단의 현대 어법은 몇 년 만에 바다 생태계를 완전히 파괴하기에 충분하다. 당연히 규제가 필요하다. 규제는 민주주의와 비슷한 것이다. 거대한 틀 내에서 그리고 일상적인 틀 내에서 규제가 있을 수 있다. 문제는 규제를 긍정적으로 이해하고 실천할 수 있어야 한다는 점이다. 규제가 규제를 위한 규제로만 작동한다면 그것을 피할 수 있는 방법은 무궁무진하다.

그러므로 원양어업이 돌아가는 '판'을 바꾸어야 한다. 바다에서 생활하는 사람들의 저변 환경을 바꾸어야 한다. 그래서 자신이 살아가는 이 시스템이 계속되어야 한다는 인식을 갖도록 만들어야 한다. 그러려면 그들의 직업이 당연히 '자랑스러운 수준'이 되어야 한다. 그때 자신뿐만 아니라 주변의 존재들도 둘러볼 수 있다. 그게 무너지면 자신의 삶도 무너지는 것이므로 상호적 관계가 작동한다. 그런 활동 중 하나가 원양어선 선원들의 노동조건을 개선하는 것이고 원양어업의 물리적 기반을 개선하는 것이다.

‘옵서버’ 승선도 그런 것이다. 이른바 ‘착한 어업’을 하고 있다는 의지를 보여 주는 것이다.

바다 생태계의 ‘자원량’ 등도 끊임없이 그리고 정확하게 조사되어야 한다. 지속가능한 바다 생태계를 지키겠다는 목표는 원양어업의 어느 한 부분만 개선되어서는 이루어지지 않는다. 수산회사와 어선원 그리고 관련된 전문가 모두 힘을 합쳐야 가능한 일이다. 그들은 분리된 게 아니다. 남의 일 같지만 자신의 일이고 자신 혼자만의 일인 것 같지만 서로 함께 고민하고 힘을 합쳐야 하는 일이다. 높은 곳에서 아래로 어떤 일을 지시하거나 규제하고 그것을 이행하는 게 아니라는 말이다. 우리 모두의 일이다. 그것은 우리가 발을 딛고 있는 ‘바탕’에 관한 것이다. 그걸 이해하지 못하거나 인정하지 못한다면 ‘바다 생태계’의 지속가능성은 가능하지 않다. 중요한 것은 그런 게 우리의 일상과도 깊은 관련이 있다는 거다. 또한 자신이 하는 일에 자부심을 갖고 공정하게 일을 처리하려는 노력도 필요하다. 우리의 노력에 의해 ‘지속 가능함’이 지켜지고 그게 우리뿐만 아니라 우리의 후손들에게도 이어져야 하니까 말이다.

원양어업에 필요한 생태 감각

코페르니쿠스(Copernicus)의 지동설(地動說)은 코페르니쿠스만의 것은 아니었다. 튀코 브라헤(Tycho Brahe)라는 천문학자와 캐플러(Kepler)의 연구에 힘입은 바도 크다. 물론 '튀코'는 '지동설'을 주장하던 사람은 아니었지만. 과학에서 정확한 자료 수집은 매우 중요하다. 그런데 정확한 과학 자료 수집은 늘 현장과 책상의 소통이 필요하다. 현장과 책상은 늘 서로를 이해하고 소통하려고 노력해야 한다. 하지만 우리 옵서버들은 현장에 있으면서도 그런 소통이 부족해 보인다. 그런 의미에서 책상은 현장으로 열려 있어야 하고 늘 현장으로 내려 올 수 있어야 한다. 당연히 현장만으로 모든 게 해결되는 것은 아니다. 하지만 정확한 자료를 생산하는 현장이 원양어업에 있어서도 매우 중요할 것이다.

엄밀하게 말하면 과학 옵서버들은 생태계를 위해서라기

보다는 원양어업의 지속성을 위해 일을 하는 사람이라고 볼 수 있다. 그것이 어쩔 수 없는 한계라고 할지라도 원양어업의 지속성이 이루어지면 생태계를 지켜낼 수 있을 것이다. 사실 원양어업에서 생태계를 지켜내려고 한다면 문명의 전환이 먼저 있어야 하고, 한 나라가 아니라 국제적인 공조가 필요하다.

과학 옵서버는 그런 일을 하는 사람이다. 기본적으로 원양어선에 승선하여 생태계와 원양어업에 필요한 '과학적 자료'를 수집한다. 그들에게는 적절하고도 효과적인 자료 수집 방법이 제시되고 교육되어야 한다. 이때 현장에 대한 책상으로서의 과학자들은 수집 자료의 정확성과 고급화를 위해 노력해야 한다. 자료의 질을 높일 수 있는 노력을 해야 한다는 말이다. 과학 자료의 양적인 측면에만 매몰되어 있어서는 안 되고, 다양한 자료 수집 기법과 자료 수집에 대한 새로운 이해를 위해 노력해야 한다. 그러려면 현장과 책상의 상시적인 소통은 필수다.

모든 새로운 생각은 과거를 딛고 생겨난다. 과거는 늘 현재의 관점에서 새롭게 해석되고 그 새로움은 다시 과거와 섞이면서 과거를 풍요롭게 만든다. 그런 의미에서 현재는 과거로부터 튀어나온 접점(接點)이긴 하지만 그 순간 현재는 '편견'으로 가득 차서 언제든지 새로운 도전이 기다리고 있다.

우린 역사적 '근대(近代)'에서 많은 것들을 배웠다. 사실 근대는 중세(中世)라고 하는 '어두운 터널'을 뚫고 나온 경험치를 갖고 있다. 하지만 근대 역시 인간 혹은 인간의 이성에 중심을 둠으로써 완전한 새로움을 만들어 내지는 못했다. 우리가 흔히 위대한 지성이라고 생각하는 것들은 모두 과거나 그 과거가 지배하는 그들의 현재를 극복하는 과정에서 탄생하였다. 싯다르타는 물론 예수나 무함마드 역시 그런 인물들이다. 난 그들을 일종의 '천재'라고 생각한다. 그들은 과거와 현재의 문제점을 뛰어넘으려고 했지만 현재와 완전히 단절하려고 하지는 않았다.

바다에서 일어나는 여러 가지 일들도 마찬가지다. 오랜 경험들이 쌓여 원양어업의 중요한 경험치가 되지만 그 경험치는 현재에 의해 늘 새롭게 해석되고 또 변화된다. 그렇게 누적된 경험들이 현재에 이르렀다. 하지만 현재는 그곳에서 그 진행을 그치거나 멈추지 않는다. 늘 새롭게 운동하는 것이다. 하지만 그렇게 이동을 하지 못하도록 하는 편견은 주위에 가득하다. 그런데 편견은 편견으로서 존재하는 게 아니라 '일반(general)'적인 것으로 '군림'한다. 일반이라는 권력을 획득한 편견은 참으로 넘기 힘들다. 왜냐하면 그것은 그 세대의 중심으로 작동하기 때문이다.

그게 그 시대를 사는 사람들에겐 편안함을 제공하는 것 같아 보인다. 편견에 사로잡혀 그것에 꽁꽁 묶인 채 살아가다 보니 그게 자신을 묶고 있다는 것을 눈치채지 못하는 것이다.

바다에서의 경험도 마찬가지다. 새로운 방식이나 이해 등이 어떤 가치를 가지려면 험난한 길을 걸어야 한다. 왜냐하면 기존의 관습들이 모든 지점에서 권력으로 작동하고 있기 때문이다. 우리는 자신도 모르게 그 관습에 깊이 빠져 버렸다. 그것이 흔히 말하는 '평범성'이다. 평범함에 머무를 때 그게 정상인 것처럼 보이는 것이다.

하지만 새로운 세계는 늘 그런 것들을 뛰어넘는 과정에서 생겨날 수 있다. '뛰어넘는 과정'은 '불온'하게 보일 가능성이 높다. 특정 어업을 고안하는 것, 노동조건을 개선하려 하는 것, 바다 생태계를 새롭게 보려는 것, 심지어 어종의 이름을 만들고 어종 간의 관계를 새롭게 이해하는 것 등에도 그런 힘이 작동한다. 그러므로 과거나 현재에 발을 딛고 있되 늘 그것들을 극복하려는 노력을 함께 해야 한다.

60여 년이나 된 우리 원양어업의 역사도 그렇게 생각해 볼 수 있다. 과거를 영광스럽게 생각하고 과거에 매달려 행복함을 느끼는 것은 그리 나쁜 게 아니라곤 해도, 과거의 영광을 새롭게 해석해 내지 못하는 것은 우리가 심각하게 고민해야 할 지점이 아닐까. 그런 지점이 없다면 죽어 버린 과거를 늘 끌어안고 살아가는 우리의 모습이 다른 사람들에겐 마치 '미라'를 끌어안고 살아가는 것처럼 보일 수 있을 것이다.

어선의 틈새를 이용하는 방법

살다 보면 늘 '틈새'라는 게 있다. 이것은 쓸모없는 것 같지만 많은 사람을 편안하게 해 주는 경우가 많다. '곡즉전(曲則全)'에 나오는 '굽은 나무' 같은 건데, 너무 굽어 목재로서 쓸모가 없으므로 잘리지 않았고 덕분에 풍성하게 자라 목재 대신 '큰 그늘'을 만들어 냈다. 쓸모란 누가 보느냐에 따라 다르므로 '그늘'이 목재보다 더 큰 쓸모가 있다고 볼 수도 있다. 하지만 이 지점에서도 인간의 모습이 보인다. 목재든 그늘이든 모두 인간과 관련이 있는 것이 그것인데, 만약 인간이 없다면 목재든 그늘이든 '인간에게' 무슨 소용이 있을까. 그러므로 그 모든 게 우리 인간을 통해 '전변(轉變)'된 것이라고 할 수 있으리라.

인간에게 '인간의 관점'이란 참으로 중요한 것이다. 인간이 세상의 중심도 아니면서 반드시 인간을 통과해야 하는 이 어쩔 수 없는 운명 같은 것 말이다. 인간과 자연은 끊으려고 해도 절대 끊을 수 없는 관계로 다가온다. 하지만 이 지점에서 우리는 '착각'하면 안 된다. 인간은 결코 주인공이 아니다. 그런 의미에서 본다면 '틈새'는 인간에서 새로운 관점을 가져다준다. 인간이 자신을 중심에 내세우며 그렇게 무리하지 않아도 자연 속에서 잘 살아갈 수 있는 '힌트'를 준다.

물론 그런 빈틈을 잘 이용하는 것은 인간의 특징 중 하나다. 하지만 자연도 인간이 감지할 수 없을 정도로 '틈새'를 이용한다. 너무 자연스러운 방법으로 이용하는지라 우리가 감지하지 못할 뿐이다.

자연은 어쩌면 '틈새시장'의 힘으로 돌아간다고 해도 과언이 아니다. 우리가 명명백백하다고 생각했던 것들은 모두 자연이 우연히 틈새시장을 돌보다가 일어난 일일 수 있다.

가령 진화가 그렇다. 진화는 특정한 속력을 갖고 있지만 특정한 방향으로의 속도는 갖고 있지 않다. 그야말로 우연으로 보이는 필연이 작동하는 지점이다. 진화는 특정 지점에서만 일어나는 것도 아니다. 전방위에 걸쳐 마치 풍선이 팽창하듯 일어난다. 저변이 심화되고 확대되는 것이다. 진화는 마치 우주가 팽창하듯 서로의 간격을 일정한 의미로 지켜내면서 일어난다. 진화는 평균값이 변하는 게 아니라 '최빈값'이 변하는 것이다. 그리고 특정 실체가 변하는 것이 아니라 실체들의 관계가 변하는 것이다.

틈새는 틈새에 머물면서 틈새를 지나가는 사람들에게 잠시 필요한 것을 공급해 준다. 특정 인물의 자리가 아니다. 틈새는 마치 '타자'를 닮았다. 예를 들면 이런 것이다.

기관장에게 컴퓨터 사용법을 가르쳐 주었더니 고마운 마음으로 둥근 의자를 만들어 주었다. 갑판에서 일할 때 그곳에 앉아 지내라는 것이다. '드럼통'을 자르고 '데구스'를 감았던 나무 드럼(실패 모양)의 한쪽을 드럼통 위에 얹어 의자를 만들었다. 2,200여 개의 낚시 중에서 60개 정도만 어획물이 올라오는 긴 양승시간의 지겨움을 그곳에서 견디라는 의미인데 이 의자는 누구든 앉을 수 있고 그곳에 기대어 잠을 자기도 한다.

그냥 버릴 수도 있는 아무것도 아닌 것들이 모여서 하나의 의미 있는 사물이 만들어졌다. 그게 우리가 틈새를 보는 힘이 아닐까. 투박하고 단순한 드럼통 의자는 어느 날 나무에서 뚝 떨어진 열매 같다고 느꼈다. 그곳에 앉아 선원들이 일하는 모습을 쳐다보거나 바다를 보고 또 우리가 지금 일하는 시간이 원양어업이라 불리는 거대한 역사를 만드는 하나의 지점일 수도 있다는 생각도 들었다.

어떤 존재든 누군가를 밀고 있다. 밀고 있는 자신은 또 다른 누군가에게 밀리고 있다. 그런 관계들이 끝없이 반복되고 재현된다. 틈새와 의자 그리고 20개월이나 견뎌야 하는 연승어업의 모든 것들이 그 속에 녹아 있다. 그리고 새로운 욕망으로 움튼다. 그곳은 그런 것들이 만나는 '경계'라고 할 수 있다.

고기 잡는 미끼가 반찬

모릿줄에 매다는 아릿줄은 어장이나 연승어선마다 다르지만 동부태평양어장에서는 16~17개 정도가 된다. 이렇게 아릿줄 한 세트를 '한 바찌(바스켓)'라고 하는데, 17개 아릿줄이라고 해도 모두가 똑같은 것도 아니고 다 다른 것도 아니다. 대체로 서너 가지 종류의 아릿줄이 번갈아 가면서 모릿줄에 달린다.

모릿줄과 아릿줄을 이어주는 '스냅(snap)'이라 불리는 속구는 '대형 핀'처럼 생겼다. 스냅은 아릿줄을 모릿줄에 쉽게 연결시켜 주지만 한 번 모릿줄에 연결되면 그 위치가 고정되어 좀처럼 움직이지 않는다. 구부러진 스냅의 관성의 힘이 모릿줄을 꽉 잡고 있기 때문이다. 이런 특징 때문에 스냅은 연승어선에 여러 가지로 활용되는데, 가령 빨래집게가 되기도 하고, 어떤 것들을 집중적으로 걸어 두거나 모아 둘 때도 사용된다.

17개의 낚시라면 그 낚시에 매달리는 미끼(이깝, bait)도 17개가 되어야 할 것이다. 하지만 종류는 몇 가지로 정리된다. 인조오징어(주로 바찌의 양쪽 끝에 달린다)와 갈고등어(메가리), 전갱이, 오징어, 밀크피시, 고등어, 정어리 등인데, 이것들은 일정한 배열 주기를 갖는다. '눈다랑어'가 많이 걸리는 미끼는 '오징어와 갈고등어'다. 브리지에서는 '눈다랑어'와 '황다랑어'가 몇 번 낚시에 걸려 올라왔는지 체크하여 기록한다. 그것을 토대로 다음 조업의 아릿줄 구성과 미끼 구성을 결정한다.

배마다 다르지만, 미끼 구성을 '미끼 배열형'이라 하는데 계약이 끝날 때까지 보통 10~20회 정도는 바꾼다고 생각하면 되겠다. 어획이 저조하거나 주위에서 다른 어선의 어획이 자신보다 더 좋다는 이야기를 듣게 되면 미끼는 물론 아릿줄의 길이나 아릿줄 마디의 구성까지 바꾼다.

어부의 최대 목표는 고기를 많이 잡는 것이다. 고기를 못 잡으면 어선으로서 존재 의미가 없다. 다만 이 미끼 배열형이 현장에서 잘 지켜지는지는 의문이다. 무슨 말인가 하면 브리지에서 미끼 배열형을 이렇게 하라 저렇게 하라고 해도 현장(선미)에서 착각하거나, 마침 그 미끼가 없어 끼우지 못하는 경우도 생긴다. 당연히 브리지에서는 그 사실을 모를 것이다.

사실 난 미끼 배열형이 어획을 획기적으로 바꾼다고 생각하지 않는다. 연승어업에서 어획에 영향을 주는 것은 물론 미끼도 있지만 수온과 수심이 가장 큰 영향을 미치는 게 아닌가 하는 생각을 하였다.

연승어선 출항 초기에는 주·부식(副食)이 넉넉한 편이기에 그런 일이 별로 없지만 나중에는 '미끼'를 반찬으로 사용하기도 한다. 실제로 오징어는 '포클랜드'에서 어획한 것으로, 부식으로 사용하여도 손색이 없다. 외국인 선원들은 밀크피시를 튀겨 주면 좋아하였다.

운반선을 타고 귀국하면서 보니 생선 반찬이 나올 때 조업선으로부터 얻은 '미끼'를 사용하였다. 운반선이나 탱커(tanker)는 어장에서 조업선으로부터 부식을 많이 얻는 편이다. 특히 조업선에서 잡은 어획물을 많이 얻는다. 운반선이나 탱커가 한국 선적(船籍)이 아닐 경우 그곳에 근무하는 한국인 직원(선원이 아니라 관리자)들은 한국음식의 부족함을 느끼게 된다. 그때 한국 조업선과 접선하면 부식을 비롯한 여러 가지 반찬과 어획물을 넘겨주는 경우가 많았다.

또 17개의 낚시로 조업을 해 보면 4, 5, 6번과 12, 13, 14번 낚시에 어획물이 걸리는 경우가 비교적 많았다. 미끼가 바뀌어도 이 번호에 해당하는 낚시에 어획물이 상대적으로 많이 걸리는 것을 보면 아마도 낚시가 물속에서 머무는 수심과 깊은 관련이 있지 않나 싶다. 그런 것들에 관한 통계가 있는지는 모르겠다.

현장에서는 늘 전체 어획성공률이 얼마나 되느냐로 어장 선택을 한다. 하루에 '눈다랑어' 처리 후 중량 기준 '40kg' 이상이 10마리 정도만 올라오면 만족한다. '517 남궁호'는 2016년 10월에서 11월 사이 하루에 '눈다랑어'를 1톤 정도 어획했으니 그야말로 '대어(大漁)'라고 할 수 있었다.

그렇게 계속되는 대어 속에서 웃음꽃이 피는 것은 당연하다. 어획 성적이 좋은데 어찌 즐겁지 아니할까? 선장은 대어 후 선원들에게 적은 양이지만 술을 풀어 화답하였다. 남궁호는 풍어에 겨워 그렇게 '흥청망청(?)'하였다.

바다에서도 차별받는 이주민 노동자

어선의 선원들 중 한국 선원은 6명이고 나머지는 외국인 선원들이다. 베트남 선원 4명, 인도네시아와 필리핀 선원이 각각 8명씩. 예전에 전부 한국 선원이었는데 1980년대 말부터 외국인 선원이 승선하기 시작해 요즈음은 하급 선원 대부분이 외국인이다. 준사관과 사관들만 한국 선원이다. 물론 배와 관련된 경험치와 숙련도에 있어서 한국 선원이 아직은 우수하다고 해야 하겠지만, 영원히 그리고 반드시 우수한 건 아닐 것이다. 대체로 한국인이 준사관이나 사관이라는 직책을 맡고 있고, 외국인이 하급 선원들이라 할지라도 그게 반드시 우리의 우수성을 담보하는 것은 아니라는 말이다.

한국 원양어선의 법적 구조상 일정 부분 의무적으로 한국인 선원 구성(면허를 취득한)을 해야 하기 때문에 그렇게 짜여졌다. 실제로 외국인 선원 중에는 정식으로 바다 관런 전문학교를 졸업한 사람도 있고, 어떤 측면에서 우리보다 더 경험이 많은 사람도 있다. 그런데 현재 허가된 선원 구성을 보면, 일정한 범위 내에서 반드시 한국인 사관을 두어야 한다. 준사관도 아직까지는 한국 선원을 선호하는 편이다. 그것은 우리의 노동시장을 보호하려는 뜻이기도 하다.

문제는 한국 선원 중 일부가 외국인 선원을 열등한 사람으로 본다는 것이다. 그건 분명 외국인에 대한 편견일 텐데, 가령 동남아 사람을 미개인이라고 생각하는 것에서부터 본래 우리보다 열등한 인종이므로 아무리 배를 오래 탔어도 우리보다 일을 잘할 수 없을 거라고 여기는 것이다. 심지어 게으르고 위험해서 조금의 여유도 주면 안 된다고 생각하는 사람도 있었다. 그래서 폭력까지는 쓸 수 없지만, 인권모독에 가까운 폭언 등을 일삼으면서 실제로 폭력에 해당하는 짓을 하곤 했다. 놀랍고도 황당한 상황이었다. 우리도 예전에는 돈을 벌기 위해 먼 바다로 나가 배를 탔고, 다른 나라 사람이 준사관이나 사관으로 있는 배에서 '하급 선원'으로 일하면서 알게 모르게 설움을 받은 적이 많았다. 선배 선원들은 그런 환경에서 참고 견디며 '외화'를 벌어들였던 것이다.

그때 우리의 상황이 힘들었다고 느꼈다면, 지금 그 자리에 있는 우리는 그런 행동이나 말을 하지 말아야 하는 것 아닐까? 그런 나쁜 구조를 되풀이한다는 것은 자가당착이며 자기모순이다. 물론 대부분의 한국 선원들은 그렇지 않을 것이다. 하지만 늘 표시가 나는 것은 나쁜 생각과 행동을 하는 사람들이다. 하여 외국인들에겐 그게 마치 한국인들의 일반적 특성인 것처럼 각인된다. 이런 점에서도 우리는 늘 한 발자국 물러나서 자신을 성찰하는 습관을 가져야 할 것이다.

모든 인종은 평등하다. 차이를 갖고 있을 뿐이지 그게 차별로 이어질 만한 조건은 아니다. 지금의 외국 선원들은 한국 선원과 거의 비슷한 처지에 있는 '노동계급'이다. 그들의 노동조건이 힘들면 우리도 힘들 것이며, 우리가 바다에서 느끼는 여러 가지 개선점은 그들에게도 똑같이 적용되어야 하는 조건이다. 우리는 모두 한배를 탄 운명 공동체이면서 동일한 조건 속에서 노동으로 먹고사는 사람들이라는 말이다.

그런 이치를 깨닫지 못한다면 운명을 개척해 나가기 어렵다. 문제를 이렇게 보지 않고 민족이나 인종차별적 관점 그리고 직급의 높고 낮음의 관점을 들이대는 것은 참으로 잘못된 일이다. 직급의 차이는 일의 종류가 달라서 생긴 것이지, 능력과 인종의 대단한 차이는 아니다. 그러다 보니 외국 선원들은 '피해 의식'을 갖고 있었다. 한국 사람들 사이라면 대화로 풀 수 있는 것도 소통이 잘 안 되는 경우가 많았다. 작업과 관련된 것 이외의 일상적인 소통은 멈춰버린 상태도 있고 외국 선원들에겐 틈을 주면 안 된다고 생각하는 사람도 있었다.

원양어선은 바다라는 특수한 상황에서 운영되지만 인권이 무시되어도 좋은 작업 현장은 아니다. 당연히 업무와 관련된 일을 직급에 따라 수행하고 직급에 맞게 임금을 받는 것은 좋지만, 인종차별은 그 어떤 상황에서도 용납되어서는 안 된다. 그들도 우리와 똑같이 돈을 벌기 위해 망망대해까지 나왔다는 점을 잊어서는 안 된다. 그들도 소중한 사람이다. 우리의 동료이고 계약을 마치고 함께 집으로 돌아가야 할 사람들이다.

바다의 편의점 탱커

현재 원양연승어선의 계약 기간은 대략 20개월 정도다. 예전엔 30개월 혹은 3년이었다. 그때에 비하면 획기적으로 줄어든 것 같지만 사실 20개월이란 아주 긴 '장기조업'에 해당한다. 요즈음은 세상 변하는 속도가 정말 화살 같아서 20개월을 마치고 들어가면 자기가 살던 세상이 '상전벽해(桑田碧海)'가 된 것을 느낄 것이다.

이렇듯 한 번 바다로 나오면 20개월 후에나 집에 갈 수 있으니 바다에서 모든 것을 해결해야 했는데, 여러 문제가 많았다. 가장 큰 문제가 몸이 아플 경우였다. 어장에서 가까운 어장까지 최대속도로 달린다고 해도 5일 이상 걸리는 경우가 많다. 상황이 급박하다면 사태가 심각해질 수 있다. 요즈음은 한국 선원 나이가 평균 50세 이상이라 그런 문제가 가장 걱정스럽다.

물론 배에는 응급조치를 할 수 있는 약이 구비되어 있고 사관들이 '선박위생법'을 이수한 상태에서 승선하므로 비교적 간단한 조치는 할 수 있겠지만 어찌 정식 의사와 비교할 수 있으랴. 그래서 요즈음은 긴급환자가 발생하면 해상전화로 육지의 의료진과 직접 통화하여 진료를 받기도 한다. 예전에 비하면 좋아진 세상이라고 할 수 있다.

아무튼 배에선 아프지 않도록 스스로 조심해야 한다. 꼭 선박위생법을 이수하지 않은 선원이라고 해도 오랜 경험으로 도움이 되는 분이 많다. 보통 연승어선에서 선장, 기관장, 통신장이 대부분 그런 경험을 갖고 있는 사람들이다.

또 각종 주 · 부식이나 필요한 것들은 출항할 때 최대한 싣지만 그래도 모자라는 것은 운반선이나 탱커로부터 공급을 받는다. 실제로 연료는 탱커로부터 자주 공급받아야 한다. 동부태평양에서 활동하는 탱커는 모두 외국회사 소속이다. 그곳도 대부분 선원은 외국인이고 한국인은 '영업'을 담당하는 선장 한 명뿐일 때가 많았다. 탱커는 파나마 발보아항이나 하와이항을 기지로 해서 일정한 주기로 어장에 왔다 갔다 하면서 연료를 조업선에 공급한다.

운반선과 달리 탱커는 접선을 하지 않고 아주 가까운 거리에서 호스를 전달하여 연료를 공급한다. 보통은 투승을 마치고 양승할 때까지 4~6시간 정도 연료를 받는다.

그때 연료와 함께 조업선에선 요긴한 청수가 필요하면 공짜로 조금 공급받기도 한다. 조업선은 조수기 성능에 상관없이 늘 '청수'가 모자라는 상태이기 때문이다. 연료공급 준비를 위해 탱커에서 모터보트를 타고 탱커소속 선원이 넘어오는데 그때 조업선 선원들이 필요한 것들을 구입할 수 있다. 어찌 보면 탱커 선원들이 벌이는 일종의 영업행위이다. 그들은 아예 가격이 적힌 물품 리스트를 갖고 다닌다. 주문하면서 현찰(주로 미국 달러)을 주면 그에 해당하는 물품을 보트로 싣고 와서 전달해 준다.

선원들이 주로 구입하는 것은 빵과 과자 그리고 영양제와 술인데, 술은 조업선에서 엄격하게 통제하기 때문에 구입하기가 어렵고, 다른 것은 쉽게 구할 수 있다. 남궁호 선장은 자신의 돈으로 전 선원들에게 6개월 치 영양제(주로 비타민)를 사 주기도 하였다. 간혹 탱커에서 영업하는 한국 선장이 조업선으로 넘어와서 조업선 선장에게 인사도 하고 음식을 얻어 먹고 가기도 한다. 외부인을 전혀 만날 수 없는 조업선에서 이렇게 외부 사람들을 만날 수 있다는 것은 흥미로운 일이었다.

가끔 탱커에서 '와이파이'를 개방해 주어 조업선 선원들이 본의 아니게 태평양 한가운데에서 인터넷을 하기도 했다. 물론 연료를 받는 동안만이다. 그래도 '카카오톡' 같은 것으로 식구들에게 연락하면 매우 놀라면서도 좋아한다. 사실 원양어선이라도 '인터넷'만 되면 심각한 격리감에 시달리지는 않을 것이다. 언젠가는 인터넷이 되겠지만 지금은 '이메일' 정도가 고작이고, 그 시스템을 이용하는 것조차 외국인 선원들에겐 쉽지 않다. '이메일'은 대부분 조업선의 공적인 업무를 전달하는 데 사용된다.

그래도 위성전화라는 게 있어서 다행이다. 전화 가격은 그리 비싼 편은 아니지만 이것 역시 외국 선원들에겐 부담이라 쉽게 접근할 수 있는 '통신 시설'은 아니다. 그래도 본선 선장의 배려로 한 달에 한 번 정도는 식구들에게 전화할 수 있었다.

아주 멀리서 가족이 보고 싶어 한 달에 한 번 정도 전화를 거는 간절한 마음은 어떨까. 빨리 원양어선에도 인터넷이 설치되면 좋겠는데, 필자가 글을 쓰고 있는 2020년 시점에서 보면 그래도 제법 많은 원양어선에서 인터넷을 사용할 수 있다고 한다.

원양어선의 여가

원양어선에서 여가를 즐기는 방법에도 많은 변화가 있었는데, 1980년대만 하더라도 선원들은 선원식당 등에 모여 바둑, 장기, 화투, 카드게임 등을 즐겼고 영상물도 시청하였다. 이른바 '오프라인'에서 모두 모여서 즐기곤 하였는데 요즈음은 그 풍경이 많이 달라졌다.

일단 선원들이 함께 모일 수 있는 기회가 거의 없다. 선원 숫자가 적은데다가 서로 시간이 맞지 않아 식사 시간이나 함께 조업하는 시간에 대화를 나누었다. 그러다 보니 여가 시간의 대부분은 자신의 침실에서 노트북에 저장된 동영상을 시청하는 게 고작이었다. 책도 거의 없었다. 포클랜드어장에선 오직 화장실에 만화(성인용)책 한 질이 있어 볼일을 볼 때 습관상 뭔가를 보지 않으면 안 되는 사람은 그걸 수십 번이나 보았다고 한다.

선원들은 대개 노트북을 사용하였는데, 한국에서 출항

할 경우엔 노트북보다 '모니터'를 더 많이 이용하였다. 요즈음 모니터는 웬만한 동영상을 다 볼 수 있는 '코덱'이 내장되어 있고 모니터는 노트북에 비해 가격이 저렴하고 화면도 컸다.

생활이 이렇게 분산됨에 따라 함께 모여 서로에 대한 얘기를 나눌 수 있는 경우가 별로 없었다. 그리고 침실에선 작업 시간대가 다른 선원을 위해 동영상 등을 볼 땐 헤드폰이나 이어폰을 사용해야만 했다. 우리가 보는 동영상은 영화, 드라마, 다큐멘터리, 오락과 음악방송 등이 주류를 이루고 있었는데, 외국인 선원들도 우리 드라마를 좋아한다는 사실을 알고 놀랐다. 그들은 한국 선원보다 상대적으로 젊어서 그런지 우리보다 훨씬 더 많이 우리의 아이돌들을 알고 있었고, 심지어 자신이 좋아하는 아이돌의 이미지를 휴대폰에 저장해 놓고 있었다.

나는 겨우 몇 권의 책을 읽게 되었는데 책상이든 침대든 오랫동안 독서를 할 수 있는 조건이 되지 않았다. 그래서 침대에 책을 펼쳐 놓고 그 옆에 서서 책을 읽기도 하였다. 그게 오히려 편한 것 같았다.

'카프카'의 소설을 읽었는데 그의 소설을 읽기만 하면 서서 읽는데도 잠이 쏟아졌다. 모든 신경이 이내 잠 속으로 빨려 들어가면서 그의 반복적이고도 지겨운 묘사가 가

물가물해졌다. 그의 소설은 주인공의 구체적인 행위가 선명하게 분리되는 게 아니라 끝없이 주변을 맴도는 형식으로 되어 있는데 이야기의 흐름을 도무지 종잡을 수가 없어 읽다가 가끔 내가 지금 무언가를 크게 잘못 읽고 있는 것은 아닌지 착각할 정도였다. 소설집 중 한 편이라도 끝까지 읽기에는 독서능력이 턱없이 모자람을 느끼고 결국은 언제나 반쯤 읽다가 그만두곤 하였다.

하지만 박성관이 쓴 『종의 기원』은 다 읽었고 '유식무경'과 '현상학'에 관한 책을 완독하였다. 그리고 플라톤의 『국가』는 제법 많이 읽었다.

집에서 출발할 때 책을 열 권 이상 소지하면 거의 한 박스가 된다. 크기와 무게가 장난이 아니어서 해외여행 중 이동하기가 매우 힘들다. 실제로 바다에서도 배를 만나 이리저리 넘어 다닐 때 책 박스를 옮기는 게 가장 큰일이었다. 전자책을 사서 읽으려고 시도해 보았으나 종이책과는 달리 읽을거리가 다양하지 않거니와 실제로 체험해 보니 결정적으로 눈이 아파서 오랫동안 읽기가 어려웠다. 하지만 시간이 갈수록 책과 점점 멀어져 가고 있음을 느낀다. 책을 읽어야 하는데 말이다. 책이 어쩌면 내 생각의 작은 불씨일 수도 있는데 말이다. 그래도 예전에 약간의 책이라도 읽어 둔 게 있어 정말 다행스럽다는 생각이 든다.

집 책꽂이에 있는 책들을 보면 내가 어떻게 기어서 여기까지 왔는지가 보인다. 이리저리 엉켜 있는 책들과 그 책들이 갖고 있는 의미들의 관계망 같은 게 지금 나에겐 보이는 것이다. 나는 그곳에 걸린 한 마리 곤충이다. 처음엔 한 권의 책으로 시작해서 나중엔 도무지 감당할 수 없을 정도로 독성(?)이 퍼져나가, 그 끝 간데없는 심연의 나락으로 떨어진 것 같은 내 영혼이 중독된 상태라고나 할까. 나는 그곳에서 내가 마치 한 마리 물고기가 되어 비록 느리지만 자유로운 '평형' 영법(泳法)으로 나풀대고 있음을 본다.

그렇다. 나는 드디어 그 책들이 얼기설기 엮어 놓은 그물의 독성에 감전되어 죽은 것이다. 하여 그것은 어쩌면 시체와 같은 상태라고 할 수 있을 것이다. 더 이상 움직일 수 없는, 아니 움직일 필요가 없는 최상의 발효(醱酵) 상태. 그것은 어쩌면 오르가슴 같은 것이라고 할 수 있다. 아… 나는 그게 고민스럽지만 행복이었다. 그래, 내가 만약 그 달콤한 세계를 알 수 없었다면 나는 과연 지금 무엇이었을까. 그러고 보니 나는 참 다행스러운 존재다.

어쨌거나 배에서 시간을 보내기란 참으로 쉽지 않다. 사람들과 이야기하거나 가볍게 술을 마시거나 책을 읽거나 영상물을 보거나 음악을 듣는 것도 모두 한계가 있기 때문이다. 그래서 참으로 지겹다는 생각이 든다. 그땐 노는 시간보다 일하는 시간이 더 좋았다. 일하다 보면 이야기도 하고 몸을 움직이면서 여러 가지 생각도 하고 시간도 순식간에 흘러가니 말이다.

복지와 휴가

1980년대 이전의 한국 원양어선 선원들은 모두 한국인이었다. 그러던 것이 1980년대 말이 되면서 외국인(동남아) 선원들로 조금씩 교체되기 시작하였다. 지금은 사관과 준사관 이외에는 거의 대부분 외국 선원들이다. 지금 한국 선원들은 없어서 못 구한다고 한다.

바다에서는 한 명이라도 결원(缺員)이 생기면 그 자리를 보충하는 데 오랜 시간이 걸린다. 심지어 부득이한 사정으로 하선(下船)했던 선원이 육지에 있다가 다시 돌아오는 경우도 있다. 현재 외국 선원들은 한국 선원에 비해 1/8 정도의 임금밖에 받지 못한다. 이른바 저임금 구조인 것이다. 우리의 원양어업이 저임금 구조에 의지해서 유지되는 것 같은 느낌이 들기도 하지만 따져 보면 반드시 저임금 구조 때문에 외국 선원들 고용하는 것은 아니다.

일단은 승선할 한국 선원들이 별로 없다. 그와 더불어

바다에서의 생활이 육지에서의 생활을 능가할 만큼 파격적이지 않다는 것도 이유가 될 것이다. 임금이나 선원들의 거주 공간을 비롯한 여러 가지 생활여건이 이유일 수도 있고 장기조업이라는 게 악조건일 수도 있다.

원양어선은 조업의 현장이면서도 선원들이 쉬는 공간이다. 하지만 지금의 우리 원양어선들은 대체로 낡았다. 심지어 40년이 넘은 배들도 있다. 위험을 넘어 심리적 불안감이나 자랑스럽지 못하다는 생각을 갖게 한다. 이런 문제는 수산회사만의 것이라기보다는 국가가 원양어업을 어떻게 대하고 있느냐의 문제이기도 하다. 세상에 존재하는 많은 직업 중 원양어업은 3D를 넘어 4D(distance, 거리)로 불리는 어려운 직업이다. 이런 힘든 직업에 종사하는 사람과 기업들을 국가에서 여러 가지로 지원을 해 주지 않는다면 원양어업은 점점 힘들어질 것이다.

장기조업에 관한 대책도 세우고 임금이나 복지와 휴가에 대한 획기적인 방법이 필요한 시점이다. 실제로 예전엔 원양어선에 승선하면서 약간의 자부심을 가졌던 선원들이 요즈음은 퇴락한 산업에 종사한다는 자괴감을 느낀다. 어장에서 중국 어선들이 우리 어선들보다 더 신조(新造)인 어선과 국가로부터 여러 가지 지원을 듬뿍 받고 있다는 소식을 들었을 때 힘이 빠지고 심지어 화가 나기도 한다. 여태까지 원양어업 혹은 원양어선 선원만큼 이 나라의 경제발전을 위해 노력한 분들이 있을까 하는 생각을 하면 더욱더 힘이 빠진다. 지금 우리나라 원양어선에 승선하는 어선원의 나이는 이미 노령화에 접어들어 평균 50세 이상이다. 젊은 사람은 '천연기념물'이라 불릴 만큼 드물다. 가끔 원양어선원으로 성공사례를 보여주는 경우가 있지만 그것은 그림의 떡일 뿐이다. 일상적으로 모든 어선원의 임금과 복지 수준이 높아져서 지금 현장에서 조업하는 어선원들의 노동조건이 전반적으로 좋아지는 게 중요하면서도 긴급한 일이다.

우리도 돈을 벌기 위해 외국선적 선박에 승선하던 시절이 있었다. 그 자리를 지금은 동남아 선원들이 대신하고 있다. 그들은 우리가 예전에 그랬던 것처럼 집을 떠나 먼 바다에서 파도와 싸우고, 돈을 벌기 위해 고귀한 '청춘'을 바쳤다. 지금 원양어선의 주인공들이 바로 그들이다. 그들이 없다면 우리 원양어선은 조업을 멈추어야 할 판이다. 앞으로 수십 년 후 그들은 지금 원양어선에서의 삶을 어떻게 회상할까. 과연 행복하고 즐거운 기억일까. 우리나라와 우리 선원들은 또 어떻게 기억할까. 사람들의 세상살이는 그리 다르지 않다. 그들이 우리와 지금 겪고 있는 이 삶을 아름답게 기억할 수 있었으면 좋겠다.

전재작업

갑판에 올라온 어획물은 급속냉동실(-60~70℃)에서 구워져(?) 어창(-50℃)에 보관된다. 어선에서는 얼리는 것 즉 냉동상태로 만드는 것을 얼린다고 하지 않고 '굽는다'고 표현한다. 아마도 급속냉동 된 어획물이 돌처럼 단단해지는 것을 빗대어 하는 말이리라. 트롤어선에서는 4~6시간 정도를 굽지만 연승어선에서는 개체가 훨씬 크기에 반나절 이상을 굽는다.

그렇게 구워진 어획물은 어창에 적재되는데 크기도 크기지만 유선형으로 생겨서 적재하기가 쉽진 않다. 그래서 개체가 큰 것들 사이에는 작은 개체(잡어 따위)를 끼워서 적재한다. 그렇게 어창에 적재물이 쌓이면 이것을 하역하여야 하는데 육지의 항구로 가서 하는 방법과 바다에서 해결하는 방법이 있다. 바다에서는 운반선을 만나 어획물을 넘겨주는데 그 작업을 '전재(轉載)작업'이라고 한다. 연승어선은 보통 20개월 정도의 장기조업을 하므로 한두 번의 전재작업은 필수이다.

트롤어선은 냉동된 어획물이 반듯하게 박스형으로 포장이 되어 있어서 그물로 만든 팔레트(모꼬)에 쌓아 운반선에 넘겨주면 되지만 연승어선의 어획물은 '팔레트'를 사용하지 않고 꼬리 부근에 구멍을 뚫고 끼운 노끈들을 '카고 윈치' 후크(hook)에 걸어서 들어 올린다. 트롤어선에 비하면 수월한 편인 것 같아 보이지만 어창의 적재물이 불규칙하게 쌓여 있어 배가 흔들리면 무너질 가능성이 매우 높다. 냉동어획물은 돌덩어리와 같고 무게도 40~120kg이나 되는 게 있어 부딪히거나 깔리면 매우 위험한 상황이 발생한다.

운반선은 탱커와는 달리 한국에서 출항하므로 출항할 때 많은 탁송품을 싣고 온다. 한 척이 아니라 조업선 수십 척의 탁송품을 갖고 오기에 그 양과 숫자는 실로 엄청나고 또 복잡하다. 바다에서 어선을 만나 탁송품을 넘겨주는데, 생활용품과 주식, 부식은 물론 보충 선원과 조업용 미끼 등이 탁송품이다. 돌아갈 때도 어획물을 받아 싣는 것은 기본이고 '중간 귀국 선원'도 태우고 가야 한다. 탁송품의 양도 양이지만 시간도 많이 걸린다. 보통 어장에 나오면 모든 일정을 소화해야 하는데 걸리는 시간이 한 달

이상이라고 한다.

전재 계획이 없는 조업선은 전재 계획이 있는 친밀한(?) 조업선에 부탁하여 자신의 탁송품과 선원을 받아 달라고 부탁하는 경우도 있고, 중간 선원도 전재 계획이 있는 조업선으로 미리 넘어갔다가 운반선으로 옮겨가는 경우도 많았다. 그러다 보니 운반선에서는 여러 가지 복잡한 문제가 발생하였다.

침실은 물론 침대가 턱없이 부족하기도 하고 생활공간의 불편함은 물론 '청수'가 부족한 경우도 발생하였다. 씻는 것도 마음껏 하지 못하고 눈치를 보면서 씻어야 했는데 가령 운반선 소속 선원들이 먼저 씻고 '중간 귀국하는 선원'들은 그다음에 씻는 경우도 있었고, 빨래도 요령껏 해야 했다. 조업선, 운반선 모두 '청수'는 늘 부족했다. 그래서 '에어컨'이 작동하는 과정에서 생기는 물을 받아 씻는 것도 감지덕지로 생각하였다.

먹는 것도 어떻게 될지 예상할 수가 없어 조업선에서 미리 준비를 해서 넘어가야만 했다. 모두가 목표지점까지 가기 위해선 참고 견디는 수밖에 없었다. 하지만 그 정도가 심할 땐 이게 무슨 짓이지 하는 생각이 들었다.

운반선은 어장으로 갈 때나 어장에서 돌아올 때나 동일한 거리지만 시간은 훨씬 더 많이 걸린다. 운반선은 조업선을 만나 전재 및 탁송품 전달하는 일을 수행해야 하기 때문이다.

어쩔 수 없는 사정으로 중간에 귀국해야 하는 선원들은 대부분 운반선 편으로 귀국하는데 이 운반선 사정이 열악하였다. 물론 운반선은 표면적으론 중간 선원을 받아서 자기 배로 귀국시키는 것을 원치 않았다. 하지만 운반선이나 조업선 모두 어쩔 수 없는 상황이라고 말하곤 한다. 중간 선원의 귀국을 위해 조업선이 근처 항구로 움직이면 조업 손실이 너무 크다는 게 그 첫 번째 이유였다.

아무튼 많은 중간 선원들로 인해서 운반선에는 사람이 북적댔다. 외국인 선원은 개인 침실이 배정될 수 없을 정도로 많아 선원 식당에서 함께 생활하였다. 간혹 운반선 선원과 개인적인 친밀관계로 그 선원의 침실에서 생활하는 경우도 있기는 하지만, 운반선과 조업선 회사 모두 이렇게 열악한 상황은 개선해야 한다. 간혹 수산회사 중에는 선원들의 복지를 위해 노력하는 모습을 보여 주는 곳도 있기는 하지만 말이다.

운반선으로 넘어와서는 잠자리, 음식 그리고 씻기 등이 매우 불편했지만 그래도 귀국을 한다고 생각하니 설렜다. 이 배가 바로 한국, 아니 집으로 간다고 생각하니 기분이 좋았다. 그리운 사람들을 만날 수 있는 것이다. 하지만 그

날짜를 생각해 보면 아득하다. 남궁호에서 운반선으로 넘어가 부산 감천항 입항까지 걸리는 시간은 무려 60일 가까이나 되었다. 지금 생각하면 그 시간을 어떻게 보냈나 싶다.

바다에 남긴 발자국

사이드 데크에서 다양한 신발이 '건조'라는 명목으로 휴식을 취하고 있다. 이 신발들은 대부분 휴식용 슬리퍼이거나 갑판용 장화 혹은 어창용 방한화들이다. 신발은 신발 주인의 일상이 어떠한가를 보여 준다. 어쩌면 가벼운 것 같기도 하고 땀이나 기름에 절어 있는 것처럼 보이기도 한다.

신발도 그것의 주인인 선원들처럼 표정을 갖고 있다. 다행이라면 신발은 선원들보다 더 많은 휴식을 취한다는 점이다. 선원들이 노동을 할 동안에는 저렇게 걸려 있을 수 있으니 말이다. 이번 생(生)에 누가 더 행복할까.

바보 같은 질문이다. 저렇게 원색적으로 자신을 드러내 보여 주는 '자연'이 또 있을까. 이런저런 존재들, 내가 말하고픈 것들의 무게를 모두 묵묵히 버티고 있을 신발들, 아니 슬리퍼, 방한화들. 그들은 참 우리를 많이 닮은 것 같다. 그걸 보지 못하는 사람은 바보! 그들이 지금 살아가고 있는 삶을 보지 못하는 사람은 정말 바보다.

우리의 발자국, 즉 행적은 하나도 빠짐없이 모두 기억으로 저장된다. 보고 겪었던 파도와 바람 그리고 배의 미세한 흔들림도 기억된다. 갑판으로 올려져 긴 생애의 여운을 마감하던 순간 마지막 안간힘을 보여 주었던 '눈다랑어' 같은 생명체들도 기억되어야 하리라.

그것들 모두 우리의 시각에서만 그저 하나의 좋은 인연이었다고 한다면 그건 우리만의 사치이고 오만일까. 그들이 운명적으로 우리가 투승한 낚시에 걸렸듯이 우리도 어쩌면 운명적으로 이 먼바다로 나온 것 아닐까. '스토아 철학자'는 아니지만 운명을 믿어 의심치 않는다. 우리들은 단 하나의 운명에 걸려든 '실존(實存)'들이기 때문이다. 절대로 빠져나갈 수 없다. 그런데 그 긴 여정을 뒤돌아보면 참으로 묘하다는 생각이 든다. 어떻게 해서 우리가 여기까지 오게 된 것일까? 그 섬세한 여정을 다 살필 수 있다면 우주의 탄생조차도 알 수 있으리라.

그러므로 우린 그저 운명에 복종하고 긍정하는 수밖에 없다. 현재의 삶이 하늘에서 뚝 떨어진 게 아니라 우리가 살아온 운명의 누계 값이라는 걸 눈치채야 한다는 말이다. 그게 우리가 현재 혹은 삶을 긍정하는 이유가 되어야 하지 않을까? 삶을 긍정하지 않으면 우리가 할 수 있는 것은 무엇일까? 삶의 부정? 그게 가능하다고 보는가? 부정하면 할수록 더 운명의 소용돌이 속으로 빨려 들어간다는 것을 경험할 수 있을 뿐이다. 물론 그렇다고 삶에서 부정적인 것조차 긍정하라는 말은 아니다. 그것은 긴 사막을 건너야 하는 '낙타의 긍정'일 뿐, '삶의 긍정'은 아니기 때문이다. 당연히 우린 삶에서 부정적인 것들과 싸우면서 삶의 진정한 긍정을 배워야 한다. '부정의 긍정'은 '부정'이고 '동어반복'일 뿐 절대 '긍정'은 아니다. '부정의 부정' 즉 '이중 부정'이야말로 진정한 긍정이다.

그런 삶의 긍정에서 그 긍정들이 한없이 쌓이는 것을 볼 수 있다면 우린 거대한 기억이라는 빙산을 만날 수도 있으리라. 우리의 기억과 다른 기억의 만남, 그것은 우주의 기억까지 확장된다. 그리고 별빛이 보인다. 아, 저 은빛으로 반짝이는 별빛도 운명적이라고 해석해야 하나. 이곳에서의 삶이 누추하지 않다는 것을 깨닫게 해주는 따뜻한 빛 같아 보인다. 마치 프리즘에 모이는 빛의 다발처럼 다양한 삶의 갈래들이 동부태평양어장, 연승어선 갑판에 모아진다. 모두가 열심히, 마치 연극무대에서 역할을 맡은 성실한 배우처럼 자신의 운명에 씌어진 대본(臺本)대로 살아가는 것 같다.

그렇다면 결국 우리가 할 수 있는 건 운명을 사랑하는 것뿐이리라. 그래야만 한여름 뙤약볕보다 몇 배나 더 뜨거운 이곳의 장기조업도 무사히 지나갈 수 있으리라. 매 순간 다르게 쏟아지는 운명의 순간들이여, 모두가 새로운 기억 속에서 다시 만날 새로운 순간들이여. 그리고 누가 뭐래도 끊이지 않고 이어지는 실존(實存)의 힘들이여. 운명을 사랑하면 그 모두를 사랑할 수 있을 것이다. 그리고 사랑의 힘으로 또 다른 운명을 맞아들일 수 있겠지. 그때 갑판에 벗어 놓은 저 신발의 이유도 알 수 있으리라. 그게 얼마나 우주적 사건이고 우주적 기억인지를. 누구도 미워하지 않고 모든 것을 긍정하는 삶이 얼마나 강건한지를. 그리고 그게 진정한 생의 한 걸음임을 알게 될 것이다. 그것은 우리 생이 양적으론 매우 짧은 것일지라도 질적으로 본다면 이미 그것으로 충분하다는 의미일 것이다. 그리고 그 충분하다는 의미가 운명을 긍정하고 삶을 무한하게 사랑하자는 것과 '동의어(同義語)'라는 것도 알게 될 것이다.

나가는 말

'요리도리'라 불리는 속구(屬具), 일본말인데 영어로는 'swivel'이다. '전환 고리'인데 요리도 돌아가고 조리도 돌아간다는 의미로 배에선 '요리도리'라 부른다. '요리도리'를 일본어 사전에서 찾아보니 'より取り, 選り取り'로 나온다. '선취(選取) 혹은 골라잡기'이다. 이게 어구로서의 '요리도리'를 설명하는 데는 더 좋을 것 같다. 이어 놓은 줄이 꼬이지 않도록 한 것이다. 어선에선 '요리도리'를 쓸 곳이 많다. 작게는 연승의 모릿줄과 아릿줄에서부터 트롤어선의 각종 부위와 앵커체인에도 이걸 쓴다. 아무튼 요리조리 잘 돌아가야 좋은 것이니까.

아주 어린 시절 우리에겐 '도리도리 짝짜꿍'이 있었다. 여기서 '도리'는 '도(道)'의 일본식 발음처럼 보이는데 우린 '도리도리 짝짜꿍'을 어떻게 알고 있을까? 어려도 너무 어려서 부모들이 해 준 '도리도리 짝짜꿍'을 기억하기 어려웠을 텐데 말이다. 그 중 하나가 나중에 커서 부모가 동생에게 해 주는 것을 보고 알았다는 관점이 있을 수 있겠다. 하지만 그건 자신이 실제로 '도리도리 짝짜꿍'의 당사자였던 사건보다 뒤에 일어난 사건이다. 우리가 '도리도리 짝짜꿍'을 아는 것은 바로 자신이 사건의 당사자였기 때문이라고 생각한다. 왜냐하면 모든 사건은 기억되기 때문이다. 이 '도리도리 짝짜꿍' 사건 하나만으로도 우주를 기억할 수 있다. 그 힘은 자신이 바로 사건의 당사자이기 때문이었다는 말이다.

요리조리 잘 돌아가는 게 좋은 것이지만 그게 꼬임 자체가 문제라는 것을 의미하지는 않는다. 꼬임은 반드시 일어나기 마련이고 자연스러운 것이다. 다만 그 꼬임을 풀어줄 게 없다면 우주의 액체성은 이내 비틀어지고 말라 버릴 것이다. '요리도리'를 통해 '꼬임' 즉 '비틀어짐'이 존재하지만 늘 '잠재성'으로 존재하는 것이다. 그렇다면 '요리도리'는 구체적이고 역동적인 현실성이라고 할 수 있을 것이다. 잠재성의 가닥들이 너무 꼬여 버려 저 심연(深淵)의 가능성의 세계로 떨어지지 않게 하는 것 말이다. 이 '요리도리' 때문에 '꼬임'은 마음껏 꼬일 수가 있는 것이다. 그렇다 보니 '꼬임'과 '요리도리' 중 누가 주인공인지 모르겠다. 하지만 그 '모르겠음'의 비밀도 '요리도리'는 모두 알고 있을 것 같다. 무수한 '꼬임'이 자신을 통과하지만, 자신은 그때 '요리도리'라고 하는 '역능'으로 다 받아 내는 것 말이다. 또한 만약 '꼬임'이 없다면 '요리도리'가 무슨 필요가 있을까 하는 생각도 든다. 이렇게 보면 '요리도리'와 '꼬임'은 동전의 양면이다.

우리의 삶 전부가 '요리도리' 같다는 생각이 들기도 한다. 대양(大洋)에서 살아가려면 '능력'이 필요하다. 그 능력이 크면 클수록 좋을 것이다. 그런 의미에서 능력은 '지속 가능해야' 한다. 그 '지속 가능함'의 에너지를 생각할 때 '요리도리'가 떠오른다. 사건을 회피하는 게 아니라, 오히려 사건의 전부를 온몸으로 받아낸다는 의미로 '요리도리'는 운명을 정직하게 맞이하는 것과도 닮았다. 자신에게 닥쳐온 운명을 피하지 않고 순간순간 정직하게 받아 지속 가능한 상태로 돌려내는 것, 그리고 끝없이 다가오는 새로운 운명을 받아낼 준비를 하는 것. 그게 바로 '요리도리'라고 하는 어구의 위대한 '임무'가 아닐까?

그리고 더 중요한 것은 그 '요리도리'가 만들어내는 사건의 당사자가 바로 우리라는 것이다. 기억은 결코 잊히지 않는다. 그러므로 모든 사건은 현재이면서 영원하다. 바다와 원양어선 어선원들의 삶도 그렇게 이어져 있다.

발문

언제나 더 먼 바다를 동경하는 자의 바다 스토리텔링

하동현(수필가)

1.

난감해서 한참을 망설여야 했다. 문단 짬밥으로는 대선배 격인 친구가 난데없이 발문을 의뢰하기에. 원양어업이 사양산업이란 치욕적인 굴레를 뒤집어쓸 즈음, 함께 바다로 떠났던 대학동기이지만, 그는 나를 글판으로 이끈 친구이기도 하다.

동기 모임 술자리로 기억한다. 각박한 사회생활에 지쳤던지 바다를 그리워하며 술병께나 밟고 다니던 때였다. '그저 묻혀버릴 뱃놈으로서의 우리 역사를 기록하지 않는 것도 죄(罪)'라는 다소 황당하고도 섬뜩한 표현으로 그가 나를 다그쳤다. 부드러우면서도 예리한 일갈에 명쾌한 현타가 왔다.

옳거니, 나도 할 일이 생겼다. 낡은 비망록을 뒤지고 실타래처럼 엉킨 기억을 더듬었다. 하여 바다와 한판 맞장 뜨는 법을 배웠던 첫 선장 시절을 돌이켜본 중편 하나로 이 바닥에 부끄러운 이름을 내밀 수 있었던 것.

이 인간도 밥값을 톡톡히 했다. 글이 가야 할 방향이나 플롯 같은 기술적인 면을 툭툭 건드려주는 멘토 역할을 자청했다. 그러니까 혼자 숙연하고 비장하지만 실상은 그저 지질하고 남루할 뿐인, 이 돈 안 되고 지난한 길로 이끈 원수라는 말이다.

최희철이 누구인가. 시집 『영화처럼』에서부터 사진이라는 도구에 비친 인생을 음미하는 철학 서적을 발간했고, 현직 '국제옵서버'로 하늘 아래 유일무이한 진귀한 해양생태계 사진과 유려한 문체로 바다의 심연을 풀어내는 독특한 시도, 심지어 한국 현실정치의 방향을 제시하는 대담집까지 엮어낸, 종횡무진 영역과 경계를 넘나드는 저술가가 아닌가.

에라이 인간아, 내 주제에 무슨, 체급이 달라도 한참 다르네. 이 핑계 저 핑계 미적대다 결국에는 수락할 수밖에 없었다.

원래 아는 놈이 더 무섭지 않나. 광주의 피비린내와 민주화운동, 실체도 없던 불안과 죄책감에 억눌렸던 그 시절, 망명처럼 뭍을 떠나 바다에서 청춘을 보냈던 동업자 정신부터 먼저 불러낸다. 전공이 그러했으니, 바다라면 송구하지만 감히 전문가 반열에 올려주겠다는 미끼까지 들이대며 꼬드긴다. 꼼짝 못하고 그의 낚시에 코가 꿰이고 말았다.

자신의 교류 리스트에 차고 넘치는, 내로라하는 문필가들을 마다하고 나를 지목한 게 어떤 의미일까. 아마도 첫 번째 독자로 점지해 함께 바다와 원양산업의 과거와 현재, 그리고 미래를 논해보자는 의도가 아닐까 짐작만 할 뿐이다.

세상사 그렇지 않은가. 어느 누구든 그 사람을 속속들이 알게 되면 무작정 칭찬만 할 수도, 비난만 할 수도 없는 묘한 상황에 처하게 되지만, 사십년지기 친구라고 어찌 그를 다 안다 말할 수 있겠는가. 하물며 '라떼(나 때는 말이야)'나 주워섬기는 우리와 달리, 지금도 현장에서 온몸으로 바다를 '씹고 뜯고 맛보고 즐기는' 그의 글을 어찌 다 안다 할 수 있겠는가.

각설하고, 먼저 자세부터 가다듬었다. 일체의 내 경험과 어쭙잖은 '안다니' 시각을 배제하고, 그의 표현대로 뭍의 사람들에게는 '잘 보이지 않고 잘 알 수 없는 타자(他者)'로서의 원양어선원 이야기를 다시 정독할 수밖에.

2.

이 책은 낚시어법으로 분류되는 원양 연승(延繩)어선 '517 남궁호'에 동승해 피와 땀이 함께 스민 어로작업의 여정을 담은 이야기다. 현장성 보고기사를 뜻하는 '르포르타주(Reportage)'에서 여러 걸음 더 나갔다. 바다는 '탐험과 정복'의 대상이 아니라 '상생과 공존'의 현장임을 말하고, 원양어업을 '도전과 개척'의 시각이 아니라 '우리 삶을 대자연에 기대려 했던 방식'이라 규정짓는다.

그는 단연코 바다를 추상화하고 미화하는 어설픈 낭만을 경계한다. 문장은 사실적이고 구체적이다. 현란한 수사 같은 것들은 더더욱 없다. 현장에서 온몸으로 겪어낸 사실들을 '자세히 보기'를 통해 '자본과 화폐의 욕망'이 순환되는 구조를 담담히 그려낸다.

목차를 보자. 먼저 '인간의 욕망을 싣고 출항' 편에서 일반적인 배의 운항시스템을 들려주며, 비단 바다에서뿐만이 아니라 삶의 한계는 끊임없이 확장되는 것이라 서술한다.

> 출항이다. 남궁호는 꿈틀거리는 생명체의 울부짖음처럼 사이렌 소리를 길게 한 번 울린다. 부두에서 떨어지자

> 남궁호는 이내 외항(外港)으로 빠져나가는 방파제 등대를 향해 뱃머리를 돌린다. 힘찬 엔진 소리와 함께 선미에서 와류(渦流)의 흐름이 어지럽게 만들어지며 뒤로 물러나고 있었다.
>
> (…) 하지만 이젠 묻어야 한다. 우리가 어둠을 헤치고 어장을 향해 달리는 것처럼 육지의 모든 것을 묻어야 한다. 그래야 우리는 먼 거리를 달리고 달려 어장에 도착할 수 있을 것이고, 새로운 세상을 만날 수 있을 것이다.
>
> -「출항」에서

다음 차례인 '인간의 속도와 바다의 자원'은 어업방식과 어구운용에 대한 기술들이다. 뒤이은 '바다 위의 노동'과 '물고기가 상품이 되는 시간'에서는 고립되고 폐쇄된 공간에서 이루어지는 선원들의 노동과 일상, 어획물 처리 과정 등 끊임없이 작동되어야 하는 원양어선의 구조적인 메커니즘을 풀어서 들려준다. 개인적인 견해이지만, 수산 · 해양계 교육기관에서 단위어법 교재로 사용해도 무리가 없을 만큼 구체적이고 실용적인 챕터들이다.

마지막 장(章)은 '장기어업에 필요한 새로운 감각'이다. 경사에 기울지 않는 냉철한 시각으로 원양어업의 현재를 진단하고 '지속가능한 착한 어업'의 대안도 제시한다. 애정과 연민의 눈길로 외국인선원들의 어두운 숙명과 이질적인 문화가 교섭되는 현장을 언급한다. 바다에서 획득한 가치 있는 사실적 체험들이 어떻게 우리 생(生)을 확장할 수 있는가에 대한 작가의 시선을 읽을 수 있는 장이다.

그러므로 원양어업이 돌아가는 '판'을 바꾸어야 한다. 바다에서 생활하는 사람들의 저변 환경을 바꾸어야 한다. 그래서 자신이 살아가는 이 시스템이 계속되어야 한다는 인식을 갖도록 만들어야 한다. 그러려면 그들의 직업이 당연히 '자랑스러운 수준'이 되어야 한다. 그때 자신뿐만 아니라 주변의 존재들도 둘러볼 수 있다. 그게 무너지면 자신의 삶도 무너지는 것이므로 상호적 관계가 작동한다. 그런 활동 중 하나가 원양어선 선원들의 노동조건을 개선하는 것이고 원양어업의 물리적 기반을 개선하는 것이다. '옵서버' 승선도 그런 것이다. 이른바 '착한 어업'을 하고 있다는 의지를 보여 주는 것이다.

-「불법어업」에서

원양어선은 바다라는 특수한 상황에서 운영되지만 인권이 무시되어도 좋은 작업 현장은 아니다. 당연히 업무와 관련된 일을 직급에 따라 수행하고 직급에 맞게 임금을 받는 것은 좋지만, 인종차별은 그 어떤 상황에서도 용납 되어서는 안 된다. 그들도 우리와 똑같이 돈을 벌기 위해 망망대해까지 나왔다는 점을 잊어서는 안 된다. 그들도 소중한 사람이다. 우리의 동료이고 계약을 마치고 함께 집으로 돌아가야 할 사람들이다.

-「바다에서도 차별받는 이주민 노동자」에서

작가는 바다의 의미와 가치를 좁은 의식 속에 감금하지 않는다. 여전히 한없는 가능성을 품고 있는 기회의 공간이자 영역임을 일깨워주며, 운명이라 이름 지어진 한계에서도 '끊임없이 이어지는 실존(實存)의 힘'으로 또 다른 희망을 놓지 말자고 힘주어 말한다.

그렇다면 결국 우리가 할 수 있는 건 운명을 사랑하는 것뿐이리라. 그래야만 한여름 뙤약볕보다 몇 배나 더 뜨거운 이곳의 장기조업도 무사히 지나갈 수 있으리라. 매 순간 다르게 쏟아지는 운명의 순간들이여, 모두가 새로운 기억 속에서 다시 만날 새로운 순간들이여. 그리고 누가 뭐래도 끊이지 않고 이어지는 실존(實存)의 힘들이여. 운명을 사랑하면 그 모두를 사랑할 수 있을 것이다.

-「바다에 남긴 발자국」에서

3.

해납백천(海納百川), 바다는 백 갈래의 강과 하천을 수용한다. '모든 것을 다 받아들인다'에서 '받아'가 '바다'로 굳어졌다는 견해도 있다. 성철스님께서는 '낮은 곳이 바다가 된다'라는 말씀으로 바다를 겸손과 포용을 일깨워 주는 예로도 사용하셨다.

삶의 현장이자 인간의 한계를 인식하는 숙명적 공간인 바다. 그곳을 알지 못하고 겪어보지 못하고서는 정확히 묘사할 수 없다. 본능적인 애정과 열정으로, 다양한 각도에서 입체적이고 거시적으로 바다를 관조한 작가의 글 마지막 장을 넘긴다.

술자리 농담도 받아 적으면 기승전결이 뚜렷한 한 단락 문장이 되듯이, 그의 글은 헐겁거나 물렁하지 않아 옹골차고 명료하다. 유용한 지구과학과 선박운항, 기초해양 상식도 전편에 깔려 있다. 웰빙시대에 제품화된 수산물이 우리 식탁에 올려지기까지의 과정 같은 서술들은, 바다생태계와 원양어업에 대한 호기심을 가진 일반인들이 읽고 소화하기에도 무리가 없지 싶다.

도대체 그의 글에서 나타나는 이런 힘은 어디서 연유했

을까. 학창시절부터 찬탄해마지않았던 방대한 독서량, 평생 보고 들은 것들을 기어코 자기 것으로 만들며 '넓게 파고 또 깊게 판' 결과이리라. 정직한 글쓰기. 평생을 밀어붙여온 이 업이 그의 글을 들어 올리는 힘이다.

나는 늦은 나이에 '해양문학'에 입문하며 여러 스승을 만났다. 어쩌다 가뭄에 콩 나듯 하는 '바다와 인문학' 강의가 있을 때면, 황을문 전 해양대 교수님께서 강의하신 바다친화 접근방식을 수강생들에게 들려줬다.

교수님은 먼저 애정을 가지고 바다를 관조하라는 견(見), 역사, 생태, 정보, 해양상식 들을 학습하며 바다를 알아나가라는 지(知), 보다 깊은 이해를 위해 직접 바다를 체험하라는 행(行), 친밀감을 가지고 마음을 심으라는 정(情), 바다를 통해 인생을 깨우치라는 각(覺)의 단계로 설명하셨다. 바다를 즐기고 누리기에 앞서 사랑으로 다가서는 건전한 '자세'부터 갖추라는 의미가 기저에 깔려 있다. 최희철은 나보다 훨씬 앞서, 이 가르침을 알고 지켜온 사람이 틀림없다.

거칠고 서툰 재주라 같은 길을 가는 친구 글에 흉터나 얼룩이라도 남기지 않을까 두렵다. 하지만 상관하지 않으련다. 며칠이라도 정신 줄을 다시 바닷물에 질펀하게 적셔 둔 데 자위하면서.

언제고 술 한잔 사겠지. 다시 바다로 떠날 친구를 앞에 두고 읊조리는 우리 건배사.

—묶여 있는 배는 안전하겠지만, 배는 안전을 위해 건조된 것은 아니다. 떠나자, 먼 바다로.

그다음 한 잔 더 취하면,

—인간아 응원함세. 기왕에 바닷물에 흠뻑 적셨으니, 또 돌격 앞으로…….

2021년 여름에